पीयूष मिश्रा

परिचय मुमकिन नहीं, न ही उन्हें पसन्द है। दोस्तों में 'पीयूष भाई' छात्रों में 'सर'। 1983-2003 तक दिल्ली में थियेटर किया। आजकल मुम्बई सिनेमा नगरी में व्यस्त हैं, इस उम्मीद के साथ कि बदलाव वहाँ भी होगा।

लेखक की अन्य किताबें

जब शहर हमारा सोता है (नाटक)
गगन दमामा बाज्यो (नाटक)
सन् 2025 उर्फ़ इन्सीडेंट एट ट्वाइलाइट (नाट्य रूपांतरण)
कुछ इश्क़ किया कुछ काम किया (शायरी और कविता-संग्रह)
तुम मेरी जान हो रज़िया बी (कविता-संग्रह)
मेरे मंच की सरगम (थियेटर के गीत)
आरम्भ है प्रचण्ड (गीत)

पीयूष मिश्रा

वो अब भी पुकारता है

राजकमल पेपरबैक्स

राजकमल पेपरबैक्स में
पहला संस्करण : 2019
दूसरा संस्करण : 2024

राजकमल पेपरबैक्स : उत्कृष्ट साहित्य के जनसुलभ संस्करण

राजकमल प्रकाशन प्रा. लि.
1-बी, नेताजी सुभाष मार्ग, दरियागंज
नई दिल्ली-110 002
द्वारा प्रकाशित

शाखाएँ : अशोक राजपथ, साइंस कॉलेज के सामने, पटना-800 006
पहली मंज़िल, दरबारी बिल्डिंग, महात्मा गांधी मार्ग, इलाहाबाद-211 001
1, अनमोल सोराबजी संतुक लेन, धोबी तलाव, मरीन लाइंस, मुम्बई-400 002

वेबसाइट : www.rajkamalprakashan.com
ई-मेल : info@rajkamalprakashan.com

विकास कंप्यूटर एंड प्रिंटर्स
ट्रॉनिका सिटी-201 102
द्वारा मुद्रित

मूल्य : ₹ 199

WOH AB BHI PUKARATA HAI
Play by Piyush Mishra

ISBN : 978-93-89577-13-6

भूमिका

बहुत पहले हम तीन दोस्त ग्वालियर से मुरैना जा रहे थे मोटरसाइकिल पर। धूप थी। रास्ते में प्यास लगी। हमने मोटरसाइकिल बानमोर के पहले सांक गाँव में उतार दी। वो शायद तथाकथित नीची जाति वालों का गाँव था।

हमने पानी माँगा। उन्होंने जाति पूछी। हमने बता दी। उन्होंने पानी देने से इंकार कर दिया। हमने पूछा, क्यों... ? उन्होंने कहा कि अभी तो आप पानी पी लोगे। रात को जीप में भरकर दारू पी के आओगे और हमको गोली मार दोगे कि हमने तो पानी माँगा था। तुमने देने की हिम्मत कैसे की? और बस...ये घटना दिमाग में टिकी रह गई।

बहुत बाद में जब 'एक्ट वन' बना तो ये घटना 1994 में एक नाटक के रूप में जीवन्त हो गई। परिणामस्वरूप 'वो अब भी पुकारता है' आपके हाथों में है।

हम लोग नाटक 'लिखते' नहीं थे। हम लोग नाटक 'बनाते' थे। मैं ढेर सारा लिखता...एन.के. उसमें कुछ जोड़ देता था और साथी कलाकार उसको अभिनीत करते थे। यह एक सम्मिलित कर्म था। लेकिन 'ओरिजिनल नाटक' लिखने की मेरी ये पहली कोशिश थी।

मैं ग्वालियर का था। इसलिए चंबल प्रदेश स्वत: ही नाटक की पृष्ठभूमि बन गया। 'एक्ट वन' ज़िन्दाबाद।

ईश्वरवादी होने के बावजूद मेरी मन्दिरों में जाने की आकांक्षा लगभग टूट चुकी है क्योंकि वहाँ कुछ जाति विशेष के लोगों को जाने की अनुमति नहीं है। भगवान जाने हिन्दुस्तान इन पंडित-पुरोहितों और मुल्ले-मौलवियों से कब निजात पाएगा। इंकलाब ज़िन्दाबाद...

—पीयूष मिश्रा

इस नाटक को करने के लिए इसकी इजाजत लेना अत्यावश्यक है। धन्यवाद!

—पीयूष मिश्रा

इस नाटक का मंचन 'एक्ट वन' के बाद 30 मार्च, 2019 को अभिनव कला समाज, इंदौर (मध्य प्रदेश), अनवरत थिएटर ग्रुप, इंदौर द्वारा किया गया।

फोटो क्रेडिट : अपार चौधरी

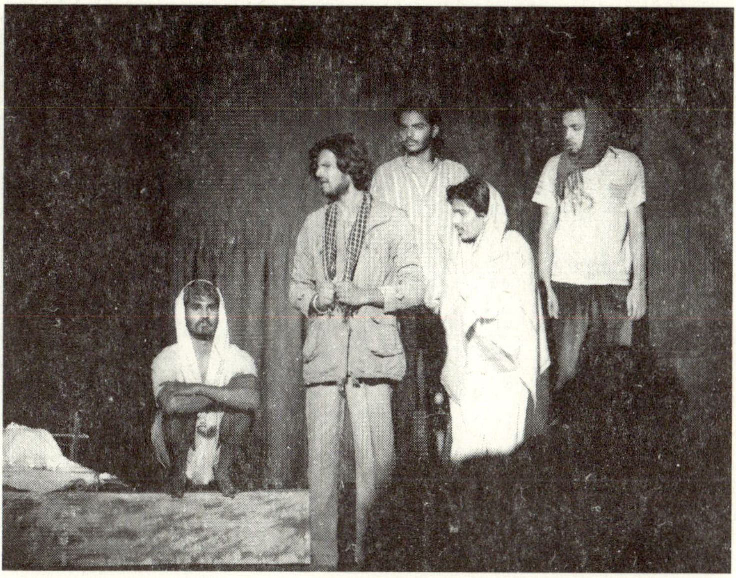

पात्र

मंच पर

बुद्धो	:	कल्पना शर्मा दुबे
बिसवा	:	सोनू हारिया
बीड़ी	:	यश पाटिल
कजरी	:	सिमरन वर्मा
मंगल	:	दीपेश चावंड
कच्ची ताड़ी	:	आनंद पटेल
केसर पंडित	:	दीपक सोनी
ठाकुर हरिभान सिंह	:	सौरभ गुप्ता
सुमन्ती	:	दिव्या दीक्षित
इन्स्पेक्टर पचीसिया	:	योगेश नंदवाल / वरुण दुआ
संदीप	:	आदित्य मुले
धीर	:	शुभम जैन
कोरस	:	अंकिता चौहान, तोषी चौहान, नैनिका जैन, शुभम पटेल, अजय जोशी, शिवम् गौतम, विवेक जाट

मंच परे

निर्देशक	:	नीतेश उपाध्याय
संगीत	:	तपन शर्मा, राज लोगरे
प्रकाश परिकल्पना एवं संचालन	:	नीतेश उपाध्याय
मंच परिकल्पना	:	नीतेश उपाध्याय
मंच निर्माण	:	तपन शर्मा, कनक अवस्थी
वेशभूषा	:	उर्मी शर्मा
मेकअप	:	उर्मी शर्मा

बैक ग्राउंड में बादलों के गरजने की आवाज़ आ रही है। बारिश की फ़हारें। पीछे चम्बल नदी की लहरों के उफनते हुए बहने की आवाज़। रात का वक़्त। और कोरस में औरतों की मंत्रोच्चार की आवाज़ धीरे-से शुरू होती है और बढ़ती है। बाक़ी आवाज़ें धीरे-धीरे Fade out होती हैं। धीमे-धीमे Light आती है। चम्बल के एक गाँव अम्बाह का मरघट! और मंत्रोच्चार के बीच में ही बुद्धो की काँपती, भरभराती आवाज़ आनी शुरू होती है।]

बुद्धो : *(मंत्रोच्चार जैसे)* अरे रक्छा करना परभु जी। जै हो चम्बल मैया की। मरे का नाम मंगल धुनिया... ! बाप का नाम बिसवा धुनिया। गाँव अम्बाह, जिला मुरैना। अरे बिटवा! जाते-जाते अपने गाँव को याद रखियो। अपने बप्पा को याद रखियो...अपनी दादी को याद रखियो... अपने दोस्तन को याद रखियो... ! सभई को याद रखियो... । भूल मत जइयो... । बोलो, कौन मैं झूठ बोल रही?

सारी औरतें : नहीं तो बुद्धो... ! नहीं तो...

बुद्धो : ऊपर जा के जल्दी से अपनी अम्माँ से मिल लियो। उससे बोल दियो कि यहाँ सब ठीक है। अरे बिटवा! तू खुश रह, जहाँ भी रह। भौत ही भला हुआ जो तू गया। बड़े-बुजुर्गन कहते हैं कि भौत ही भला होता है जब कोई इत्ती जल्दी जाता है। सारी बिरादरी को तुझ पर नाज है कि तू चढ़ती उमर में गया। बोलो, कौन मैं झूठ बोल रही?

सारी औरतें : नहीं तो बुद्धो...नहीं तो...

बुद्धो : भगवान ऐसी मौत बिरादरी में सभई को दे। चम्बल मैया की किरपा से सब के घर फले-फूलें...। मौढ़ा-मौढ़ी खाबें-पीबें, पढ़न-लिखन को जाएँ...और फिर उगती जवानी में सांति से मरघटै पहौंच जाऐं। उनकी भी सांति...उनके अम्माँ-बप्पा को भी सांति और सारे मैदान-खेतों की भी सांति। ऊपर जाकर मैया का परसाद ग्रहन करें...और सुख से सोवैं। बोलो, मैं झूठ बोल रही... ?

सारी औरतें : नहीं तो बुद्धो...नहीं तो...

बुद्धो : जै हो चम्बल मैया की...। रक्छा करना परभु जी। *(खामोश होती है। मरघट में सन्नाटा है। फिर बीड़ी उठाता है। बाहर जाने को होता है।)*

बिसवा : बीड़ी...

बीड़ी : *(रुकता है)* क्या है... ?

बिसवा : पंडित जी नहीं आए ?

बीड़ी : उससे का फरक पड़ता है ?

बिसवा : जाते हुए अखाड़े से उनको भेज दे। मैं यहीं बैठा हूँ।

बीड़ी : *(कड़वी हँसी हँसता है)* का करेगा यहाँ बैठ के ? और पंडित जी कौन गड़े मुर्दे को उखाड़ के जिन्दा कर देंगे ?

बिसवा : *(तेज़ी से)* अरे जा के पंडित जी को भेज दे। मैं... *(आवाज़ फँसती है)*

बीड़ी : का मैं...

बिसवा : मैं मंगल की पुलिस रपट को बड़ी कचहरी तक ले जाऊँगा।

बीड़ी : *(बुरी तरह से चौंककर)* क्या ? *(बाकी सब भी अपनी-अपनी जगह खड़े हो चुके हैं।)*

बीड़ी : *(एक पल ठहरकर)* जिन्दगी में बिस्वास करने के अलावा तूने कुछ भी नहीं किया है ददू...

बिसवा : अविस्वास करने से कौन जिन्दा रह सका है बीड़ी...

बीड़ी : बिस्वास करके कौन जिन्दा रह पा रहा है...*(बिसवा कोई जवाब नहीं देता)* जिन्दगी में बस एक ही दोस रह गया है दद्दू। किसी का बुरा बनना नहीं आया।

बिसवा : वो बन भी नहीं सकते बीड़ी...

बीड़ी : क्यों... ?

बिसवा : घर में एक नई लास जलानी पड़ती है...*(बीड़ी चुप है। एकाएक केसर पंडित का प्रवेश। तेजी से आते हैं। पैंतीस साल के शख्स। पहलवानी से गठा हुआ बदन है। उनके हाथ में कुछ फूल हैं। सीधे जाकर पहले चिता में फूल चढ़ाते हैं। फिर चिता पे हाथ जोड़ते हैं। फिर बिसवा के पास आते हैं जो अब तक उठ गया है और हाथ जोड़े खड़ा है। केसर उसके हाथ को अपने हाथ में पकड़ते हैं।)*

बिसवा : *(रुँधे गले से)* मैं बस आपको बुलवाने ही वाला था।

केसर : हाँ, मुझे देर हो गई दद्दू। कोतवाली में था...। तुम्हारे ही काम से। आगे की कार्रवाई में लगा था।

बिसवा : *(रुँधे गले से)* पंडित जी...

केसर : *(हाथों को वैसे ही पकड़े हुए)* आगे कुछ मत बोलना दद्दू! वही होगा जो तुम चाहोगे...।

बिसवा : *(रुँधे गले से)* नहीं पंडित जी। मैं इस बार...*(रुकता है)*

केसर : क्या इस बार... ?

बिसवा : *(वैसे ही)* पंडित जी छोटे मौंह बड़ी बात लगती है। मगर मैं इस बार मंगल की रपट को बड़ी कचहरी तक ले जाऊँगा।

केसर : *(उसको देखता रहता है) (फिर बोलता है)* ये काम तो बीस साल पहले कर लेना चाहिए था बिसवा दद्दू। कब तक इसे नियति मान के जिओगे...। कुछ लोग

आते हैं, और तुम्हें पैरों तले रौंद के चले जाते हैं। और तुम आकाश की ओर मुँह उठाए खड़े रहते हो कि कोई देवदूत आएगा और तुम्हारे दुखों को हर के चला जाएगा। खुद को कोसते हो कि हमें ऐसा क्यों बनाया। मेरी एक बात ध्यान रखना दद्दू...! अगर खुद हिम्मत नहीं की...तो ना तो ये सरकार काम आएगी और ना ही तुम्हारा वो भगवान...

बिसवा : और...और...आप... ? *(बोलते-बोलते लड़खड़ा जाता है...)*

केसर : मैं जानता हूँ तुम क्या कहना चाहते हो। दद्दू, अगर उसने ये किया है तो उसे भुगतना पड़ेगा। बाक़ी वो मेरा बचपन का दोस्त है। मैं दिल से चाहूँगा कि उसने ये ना किया हो...

बिसवा : लेकिन आपको लगता है कि...कि उन्होंने...कि उन्होंने...

केसर : मेरे लगने या ना लगने से कुछ नहीं होता दद्दा। तुम मंगल के बाप हो! तुम्हारा दिल ये कहता है...और सबसे बड़ी बात तुम्हारे पास गवाही मौजूद है। और कोर्ट-कचहरी में गवाह, सबूत का ही महत्त्व होता है। मेरे या तुम्हारे लगने का नहीं...

बिसवा : *(उनके हाथों को जकड़ते हुए)* आपकी बड़ी मेहरबानी पंडित जी...। बड़े पंडित जी लाख-लाख धनैबाद कि उन्होंने आप-सी औलाद इस इलाके को दी।

केसर : *(एक फीकी-सी हँसी हँसते हुए)* ये तुम्हारे बड़े पंडित जी का ही किया-धरा है कि वो मेरी अच्छी-खासी जिन्दगी को उलझा के चल दिए। वर्ना ये पहलवानी छोड़ के नौकरी-वौकरी करता...। शादी-ब्याह कराके गृहस्थी जमाता और आराम से जिन्दगी बसर करता। अब चलूँगा। राम-राम...*(और वहाँ से निकलता है। पीछे से बिसवा बोलता है...)*

बिसवा : पंडित जी *(वो रुकता है। मुड़ता है।)* मैं उनकी गिरफ्तारी देखना चाहता हूँ। अपनी नंगी आँखों से। उसके बाद ही इस मरघट से उठूँगा। *(केसर पंडित उसको एक पल देखते रहते हैं। फिर निकल जाते हैं, मरघट में सन्नाटा है।)*

बीड़ी : बुद्धो, तू घर जा। कजरी, तू साथ ले जा इसको।

बुद्धो : अरे जे मौढ़ी का साथ ले जाएगी मुझे। खाया-पिया बदन है। एक हाथ मार दिया तो नाक से रींट निकल आएगा। अरे, लेकिन तू होनी देख बीड़ी। पोता तो मेरा आज उठा है। इसके दद्दा के जमाने में तो...

बीड़ी : अरे, मुझे कुछ नहीं सुनना बुद्धो...

बुद्धो : *(एकदम चीखकर)* अरे सुनना कैसे नहीं रे करमट्टे। सुनना कैसे नहीं... ? ऐसे हुए जा रहे हैं सब जैसे कि परलय आ गई हो। अरे, जे तो होनी है। इसको तो होना ही है। तू भी मर जा। जे मौढ़ी भी मर जाए। अरे तो क्या इस बिस्सू की उमर का हो के मरेगा ? भगवान ने नियम-कायदा बना दिया तो क्या उसको तोड़ के मानेगा... ?

बीड़ी : *(उसके चेहरे पर ऐसे वक़्त में भी मुस्कान आती है)* मरी तो बुद्धो तू भी नहीं अभी तक ? संडी हो रखी है नब्बे साल की ?

बुद्धो : जे भी उसकी करनी है। *(ऊपर उँगली उठाती है।)* उसने नियम बना दिया कि पोते-पड़पोते का मुँह देखके मरूँगी। अब बना दिया तो बना दिया। जे तो नहीं कि सांति से उसका पालन करो। मौंह को सुजा के बैठ जाएँगे। जे ऐसी औलाद से तो वो पोता भला। अपनी-सी उमर में मर गया। अब मर गया...तो भला...। और जिन्दा था...तो भला...*(ये कहते-कहते वो एक जगह जा के बैठ गई*

है। वहाँ एक स्पॉट आता है। बाक़ी सारे स्पॉट्स फेड आउट। स्पॉट में बुद्धो का घर लाइट अप होता है।)

(धीमा संगीत, मंगल बैठा दातुन कर रहा है। बुद्धो आती है। एक हाथ में छाछ का गिलास और एक हाथ में सब्ज़ी की थाली लेकर।)

बुद्धो : *(रखती है)* ले रे...

मंगल : *(उसे पलट के देखता है)* ओ बुद्धो। खिला-खिला के मारेगी क्या? साँड समझ रखा है?

बुद्धो : अरे मरना तो है ही कमबख़्त। खा...कि मत खा! उसे कौन रोकेगा...। चल आ जा...

मंगल : जे दो रोटी हटा ले...

बुद्धो : *(चीखती है)* अरे, सरौता खींच के मार दूँगी। अरे, जे सरीर उसका दिया हुआ है। उसको गलाएगा तो माफी मिलेगी? चमड़ी देख क्या रूखी हो रखी है। वहाँ क्या तेल चुपड़ने को नहीं मिलता रे?

मंगल : *(हँसते हुए)* वहाँ तो ताड़ी मिलती है बुद्धो। बढ़िया वाली...।

बुद्धो : अरे ताड़ी तो ताड़ी...। का बढ़िया, का घटिया। घटिया पी के आदमी सातवें आसमान परन चढ़ जाए। बढ़िया वाली पी के चल आठवें पे चढ़ लेगा?

मंगल : *(ठहाका मारते हुए)* तेरी जुबान वैसी की वैसी रखी है बुद्धो।

बुद्धो : तो कौन तुझे तीन-चार साल हो गए हैं यहाँ से गए हुए। एक साल में सरीर का जो हाल कर लिया है तो कौन जाने ज्यादा बखत लगता तो क्या होता? और वहाँ तेरी संगत के बारे में भी सारी खबर मिल गई है मुझे...।

मंगल : ठीक। तो बता...मैं कित्ते साल का था...

बुद्धो : का कित्ते साल का था...

मंगल : मैं कितने साल का था जब तेरी बहू मरी थी।

बुद्धो : मेरी बहू मरी थी...?

मंगल : हाँ-हाँ! मैं कित्ते साल का था जब तेरी बहू मरी थी...। मेरी अम्माँ मरी थी।

बुद्धो : *(एकदम सीधी होती है)* उसकी बातें मत कर...

मंगल : जवाब दे।

बुद्धो : अरे नासपीटे तेरे से बोल रही हूँ उसकी बातें मत कर। वो होनी थी...

मंगल : किसकी होनी थी...

बुद्धो : अरे, वो भगवान की होनी थी।

मंगल : अरे, भाड़ में गया भगवान। उसके अलावा वो किसकी होनी थी...।

बुद्धो : *(एकदम सरौता उठाकर)* अरे नासपीटे, तेरा खून पी जाऊँगी। मेरे घर में भगवान को गाली देता है?

मंगल : फिर से दे रहा हूँ। बोल। भगवान के अलावा वो किसकी होनी थी।

बुद्धो : *(गरजती है)* मैं तेरे टुकड़े कर दूँगी नीच। जुबान को रोकता है कि नहीं? *(और उस पर सरौता ले के झपटती है। मंगल उसे दोनों हाथों में जकड़ता है।)*

मंगल : *(गरजकर)* हाँ-हाँ मैं फिर से बोल रहा हूँ...भाड़ में गया भगवान। बोल भगवान के अलावा वो किसकी होनी थी...

बुद्धो : *(उसकी पकड़ में छटपटाते हुए गरजती है)* और मैं फिर से बोल रही हूँ कि वो भगवान की होनी थी। उनका पैर फिसला था पोखर के ऊपर की चट्टान से।

मंगल : का जे भी भगवान की होनी है कि तू नब्बे साल से रोज इस उमर में भी उसी पोखर की उसी चट्टान में जाके सुबह-सुबह नहाती है? जे भी भगवान की होनी है कि

उस चट्टान का पाट इतना चौड़ा है कि पाँच साल की मौढ़ी को भी वहाँ बिठा दो तो नीचे नहीं गिर सकती? जे भी भगवान की होनी है कि उस चट्टान के आसपास जो पाँच-पाँच फुट की मुँडेर खड़ी है उसको किसी और ने नहीं मेरे दादा ने दुनाली की नोंक पे बनवाया था। और जे भी भगवान की होनी है कि उस दिन सुबह-सुबह एक बच्चे और एक औरत की चीख के बाद लोगों ने किसी को सरेआम वहाँ से भागते हुए देखा था?

बुद्धो : *(गरजते हुए)* लोगों ने नहीं देखा था। उस सर्रो नऊए ने देखा था जिसकी बात का भरोसा गाँव का कुत्ता भी ना करे...

मंगल : *(गरजते हुए)* मगर किसी ने किया था बुद्धो। किसी ने नहीं किया था भरोसा...। किसी ने किया था...

बुद्धो : *(गरजते हुए)* किसी ने नहीं किया था। कोतवाली में उसने साफ-साफ कह दिया था कि उसने किसी को नहीं देखा।

मंगल : *(एक पल ठहरकर)* किसी ने किया था बुद्धो। किसी ने किया था। ग्वालियर का पागलखाना अभी तक उसका गवाह है। *(और बैक-ग्राउंड में किसी छोटे बच्चे के चीखने की आवाज़ आती है। ''अम्मा ऽऽऽऽऽ बचइयो रे...'' साथ ही किसी औरत के चीखने की भी...।)* ''अरे मेरा बचुआ है बो...। उसे छोड़ दे ऽऽऽऽऽ...।'' *(और स्पॉट धीमे-धीमे फेड-आउट हो रहा है। मरघट धीमे-धीमे फेड-इन हो रहा है।)*

[एकटक सामने देखे जा रही है बैठी हुई। सब बैठे हैं। चिड़ियों का चहचहाना इस बात का

गवाह है कि भोर हो चुकी है। हल्की-हल्की रोशनी भी आने लगी है। बुद्धो बैठी है। फिर वो धीमे से कँपकँपाते हुए उठती है। यहाँ पहली बार मालूम पड़ता है कि लाठी के बदले बन्दूक का इस्तेमाल करती है टेक-टेक के चलने में। बन्दूक उठा के धीमे से बगल में टिकाती है। फिर...]

बुद्धो : *(धीरे-से काँपते स्वर में)* मैं घरै जा रही हूँ। खाना यहीं भिजवा दूँगी। *(कजरी उसे सहारा देने के लिए बढ़ती है। बुद्धो एकदम से अपना हाथ उठाती है। कजरी वहीं रुक जाती है। बुद्धो बन्दूक टेकते हुए टक्-टक् करती मरघट से बाहर निकल जाती है।)*

बिसवा : *(एक तरफ देखता हुआ)* बीड़ी...

बीड़ी : का?

बिसवा : कच्ची ताड़ी कोरट में गवाही देगा?

बीड़ी : बोल तो रहा है...

बिसवा : बोलता तो सर्रो नऊआ भी था...

बीड़ी : आदमी-आदमी में फरक होता है दद्दू।

बिसवा : आदमी और कच्ची ताड़ी में फरक है बीड़ी। कच्ची ताड़ी का नाम कच्ची ताड़ी इसीलिए है कि वो ताड़ी के एक गिलास में बिक जाता है।

बीड़ी : बिके तो हम भी बैठे हैं, बप्पा। सालों-साल से। तो अब उसको का इल्जाम दें...

बिसवा : हम? *(एक साँस छोड़ता है)* हाँ। बिके तो हम भी बैठे हैं। लेकिन वो बड़े-बूढ़े कह गए हैं ना कि सुबह का भूला साम को घर आ जाए तो उसे भूला नहीं कहते।

बीड़ी : अभी हम घर आए नहीं हैं बप्पा। अभी तो घर की तरफ चलना शुरू किया है...

बिसवा : सही बोल रहा है। एक बात और बोलूँ। मरघटै में बैठ के बोल रहा हूँ। मौढ़े की गर्म चिता के सामने बैठ के बोल रहा हूँ। तू मंगल का दोस्त है। उसके भाई जैसा। तू मेरे लिए उसी के समान है। *(क़जरी की तरफ इशारा करता है।)* इस मौढ़ी की अम्माँ से मैं बात कर लेऊँगा। भगवान की होनी। सादी के पहले ही राँड हो गई। अच्छा लगन देख के इस बैसाख में इससे ब्याह कर लियो...

[बीड़ी मुड़कर कजरी को देखता है जो चिता के पास घुटनों पर मुँह झुकाए बैठी है। फिर धीरे-धीरे उसके पास जाता है। फिर धीरे से उसके सर पे हाथ रखता है। कजरी सर उठा के उसकी ओर देखती है। उसकी आँखों में आँसू हैं। धीमे-धीमे फेड-आउट हो रहा है। और साथ ही ढोलक मजीरे के साथ धीमा फेड-इन हो रहा है अमराई में। ट्रांजिस्टर में ये गाना आ रहा है। ''नैन लड़ जई है तो मनवा मा कसक हुई बे करी।'' मंगल कजरी को देख के गांजे के नशे में गा रहा है। कजरी शरमा के दोहरी हुई जा रही है। बाक़ी साथी नाच रहे हैं। बीड़ी ढोलक बजा रहा है। कच्ची ताड़ी दारू के नशे में झूम रहा है। पूरा धमाल मचा हुआ है। गाना Cusendo में जाके ख़त्म होता है। और एक ठहाका गूँजता है।]

[बीड़ी मंगल को भरी हुई सिगरेट वापस करता है।]

बीड़ी : अबे गजब माल है साला। एकदम लात मार के चढ़ा है सर में...

मंगल : *(कश लगाते हुए)* अबे उधर पहाड़ों का माल है स्साले। एकदम असली।

बीड़ी : *(झूमते हुए)* अबे पहाड़ वो हमारे भी हैं...। चम्बल के।

मंगल : अरे इधर तो खाइयाँ हैं खाइयाँ। जे है उधर चम्बा का...। हिमालय का...। हमारा एक लौंडा गया था। बो लाया था।

बीड़ी : *(झूमते हुए)* मजा आ गया गुरु। *(चिल्लाता है)* बोल बीड़ी की अम्माँ लुच्ची...बीड़ी की अम्माँ लफंगी...

बाइया : अपनी अम्माँ को गाली दे रहा है बे...?

बीड़ी : *(आँखें मीच कर के)* मेरी अम्माँ...? अच्छा तो बोल उसकी अम्माँ लुच्ची...उसकी अम्मा लफंगी।

मुरारी : अबे किसकी?

बीड़ी : *(झूमते हुए)* किसी की भी...। मेरी छोड़ के...*(कजरी फिर हँसते-हँसते दोहरी हो जाती है...)*

मंगल : *(सिगरेट मुरारी को देते हुए)* ओए कच्ची ताड़ी *(कच्ची ताड़ी लड़खड़ाता हुआ आता है और धम्म से बैठ जाता है...)* और बेटा! कैसी चल रही है तेरी चौकीदारी इस अमराई की...?

कच्ची ताड़ी : *(झूमते हुए)* मस्त है...मस्त...

मंगल : जे साली बिकी कब? अभी एक साल पहले तो हम खेला करते थे इसमें?

कच्ची ताड़ी : अरे, जे तो जैसे ही बिकी...मैंने बोल दिया। अमराई तेरी...तू सँभाल। किसी के बाप के नौकर लगे हैं? मैंने बोल दिया। मैं चला मुम्बई। अपने भाई के पास। बम्बई में है। एक कलकत्ता में है। फिलिम बनाता है...। मैंने बोल दिया।

मंगल : तो क्या बोले?

कच्ची ताड़ी : बोले? *(पागलों-सा हँसता है)* अरे पैर पड़ गए। मत जा...। अमराई बिक जाएगी। नीलामी हो जाएगी। मर जाएँगे। तरस आ गया। अरे नहीं तो चौकीदारी कोई काम है स्साला...?

मुरारी : फिर...?

कच्ची ताड़ी : फिर क्या...! रुक गया। नहीं तो फिलिम बनाता भाई के साथ और वो पीता...बढ़िया वाली...अरे लेकिन ताड़ी तो ताड़ी...। इसका कोई मुकाबला है?

मंगल : यहाँ आते हैं कभी देखने-भालने?

कच्ची ताड़ी : अरे आएँ तो आएँ...ना आएँ तो मेरी जूती से...। आते हैं तो बोल देता हूँ...। आम को हाथ नहीं लगाऊँगा। खुद तोड़ना है...। खुद तोड़ लेओ। चढ़ जाते हैं पेड़ों पे। अरे साली चौकीदारी करनी है। नौकर थोड़े ही लगे हैं किसी के? मैं हाथ नहीं लगाता आम को...

मंगल : हाथ नहीं लगाता...या वो लगाने नहीं देते?

कच्ची ताड़ी : अरे हाथ क्यों नहीं लगाने देंगे? पागल हो गया है का? लगाने काय नहीं देंगे? पर हम काय को छुएँ? क्यों भाई? हम काय को छुएँ?

मंगल : और जो तूने छू दिया...तो खा लेते हैं?

कच्ची ताड़ी : अरे यार, तुम तो वो ही बात करते हो...। मतलब हम छुएँ ही क्यों? खुद आओ...। खुद ले जाओ...।

बीड़ी : *(झूमता हुआ)* आ जा। थोड़ा सूखा माल लगाएगा...?

कच्ची ताड़ी : अरे लाओ। माल तो माल...! काहे का सूखा...काहे का गीला...। सूखा गीला बोल के माल का मत अपमान करें? लाओ देखें...*(उनसे सिगरेट लेता है)*

बहिया : अबे थोड़ा गीले माल का भी इंतजाम कर लेना। ब्रह्मदिगजी के यहाँ लड़का हुआ है। अगली अमावस्या को

पंडवाणी बुलाई है उन्होंने चम्पाबाग में...। खूब छनेगी बेटा *(धीमे-धीमे और स्पॉट धीमे होते हैं। एक जगह स्पॉट तेज़ हुआ है। उसमें मंगल और कजरी बैठे हैं।)*

कजरी : ग्वालियर जा के दुबलाय गए हो!

मंगल : तू ही तो कहती भी। पढ़-लिख जाओगी तभी करूँगी ब्याह।

कजरी : *(शरमाती है)* तो मैंने दुबला होने के लिए थोड़े ही कहा था...

मंगल : दुबले होने से का होता है? और सब तो वैसे का वैसा ही है ना...*(कजरी फिर से शरमाती है) (वो पास खिसकता है।)* तेरी अम्माँ आई थी...मेरे दद्दू के पास में। पिछले मंगल को। ब्याह अगली बैसाख में तय हुआ है...

कजरी : हाँ तो गौना हो गया तो ब्याह तो पक्का होगा ही। इसमें कौन-सी नई बात है।

मंगल : ऐसे कह रही है जैसे तेरा तो इन्टरेस्ट ही नहीं है।

कजरी : *(हँसती है)* बड़ी अंगरेजी बोलने लगे हो...?

[एकदम बीड़ी की आवाज़ आती है।]

बीड़ी : ओए मंगल! ये कच्ची ताड़ी कह रहा है कि कुछ हम से भी बात कर ले बिसवा का लौंडा...

[एकदम से लाइट आती है।]

कच्ची ताड़ी : नहीं मतलब गलत बात है ना। मतलब गाँव के आया... तो सबसे बात करो...मतलब हम से भी करो...सब से करो...! और है ही का जिन्दगी में! इससे पूछ लो... आम खाएगा? मतलब इतने दिनों बाद आया है गाँव में...तो आम खाएगा...

बीड़ी : अबे खा ले बे। अब तो साली मीठे की तलब भी होने लगी है...*(कच्ची ताड़ी बिलकुल टल्ली हो चुका है... अब तक नशे की Cocktail से)*

मंगल : इससे पूछ कि ये हाथ लगाएगा आमों को?

कच्ची ताड़ी : *(झूमता हुआ उठता है)* अरे जे खूब कही! साला डरता हूँ किसी से? है कोई माई का लाल सामने? तू बोल कितने चाहिए? चाहे तो घर भी ले जा। अरे अमराई अपनी है स्साली! कोई डर मारा है किसी का? तू खा...और इस मौढ़ी को भी खिला। *(और एक पेड़ पर चढ़ता है। सारे लोग शोर मचा रहे हैं। उसको बढ़ावा दे रहे हैं। कजरी खौफ से मंगल का हाथ पकड़ती है।)*

कजरी : नहीं-नहीं मंगल...। रोक ले उसे...। सच्ची रोक ले उसे...

मंगल : क्यों?

कजरी : नहीं-नहीं मंगल। किसी ने देख लिया तो...

मंगल : तो? *(समझ कर)* अच्छा इसलिए? अरे तब तो जरूर ही खाएँगे। तोड़ बे कच्ची ताड़ी...। आज तो इधर के आम खा कर देखते हैं।

(और शोर बहुत बढ़ गया है। हो ज्जाए...हो ज्जाए की आवाज़ें लग रही हैं। कच्ची ताड़ी पेड़ के ऊपर चढ़ा हुआ है। और अचानक सुमन्ती की entry! हाथ में थैला है। सुन्दर सुघड़ गृहिणी। सलीके से साड़ी पहन रखी है। उसके अन्दर घुसते ही सन्नाटा छा जाता है। कच्ची ताड़ी पेड़ के ऊपर जड़ हो चुका है। सब चुप खड़े हैं। सुमन्ती एक पल रुकती है। कुछ असमंजस में इन सबको देखती है। फिर... ।)

कजरी : *(फँसे गले से)* अ...*(थूक गटककर)* राम...राम...

सुमन्ती : *(कुछ ना समझते हुए कि क्या करना चाहिए...हाथ जोड़ देती है।)* राम...राम

[कच्ची ताड़ी लड़खड़ाता हुआ पेड़ से नीचे उतरता है... ।]

कच्ची ताड़ी : *(घुटने पर बैठकर)* राम...राम मालकिन... ।

सुमन्ती : राम...राम... । अरे तू...ये...*(सबकी तरफ देखती है... । सारे चुप हैं।)*

कजरी : *(साहस करके आगे बढ़ती है)* जे...जो...वो है... मालकिन *(मंगल की तरफ़ इशारा करती है।)*

सुमन्ती : *(अब थोड़ा हँसती है)* अरे भैया हम तुम्हारी मालकिन थोड़े ही हैं... । तुम क्यों मालकिन बोल रही हो ?

कजरी : *(अब वो भी थोड़ी सहज होती है)* नहीं मालकिन वो *(एक पल रुकती है)* जे वो है... ! मंगल... ! बिसवा दद्दा का मौढ़ा... ।

सुमन्ती : बिसवा दद्दा... ? अरे अच्छा ? राम...राम

मंगल : *(खामोशी से हाथ जोड़ता है)* राम...राम...

कजरी : जे...दरअसल...एक साल बाद आया है...वहाँ ग्वालियर से...सहर से। तो जे लोग...मतलब...हम लोग...मतलब यहाँ...*(आवाज़ फँस जाती है)*

सुमन्ती : अरे तो क्या हुआ ?...कोई बात नहीं...*(मंगल से)* क्या वहाँ पढ़ रहे हो भैया ?

मंगल : *(खामोशी से)* हाँ...

सुमन्ती : और...घर में सब ठीक है ?

मंगल : *(वैसे ही)* हओ...

सुमन्ती : *(अब उसके पास सवाल खत्म हो गए हैं)* *(कच्ची ताड़ी से)* अरे, तुझे आज हवेली आने के लिए कहा था... ?

कच्ची ताड़ी : मालकिन, वो मैं...मतलब...

सुमन्ती : फिर नसा कर रखा है?

कच्ची ताड़ी : नहीं मैंने नहीं...मतलब इन्होंने थोड़ी-सी...मतलब *(उन सबकी तरफ इशारा करता है। सुमन्ती उन सबको देखती है...)*

सुमन्ती : अरे भैया, इत्ती कच्ची उमर में नसा-पत्ता मत किया करो। जे तो तुम्हारे पढ़ने-लिखने की उमर है।

मंगल : *(खामोशी से)* हमको मालूम है।

[सुमन्ती उसे देखती है। फिर समझ जाती है कि उसके मुँह लगना बेकार है। कच्ची ताड़ी से]

सुमन्ती : शाम को हवेली आ जाइयो। मैं चलती हूँ...*(जाने के लिए मुड़ती है।)*

कजरी : राम...राम अ...माल...

सुमन्ती : मालकिन नहीं। अरे कुछ नहीं तो भौजी ही कह सकती हो...? *(हँसती है)* अब चलूँगी। राम...राम...

मंगल : मैं एक आम अपने हाथ से जोड़ के दे दूँ...भौजी? *(सुमन्ती उसे एक पल देखती रहती है। फिर झटके से निकलती है।)*

धीरे-धीरे फेड-आउट
साथ ही साथ फेड-इन मरघट में

बिसवा : *(थोड़ी देर बाद)* जे मौढ़ी को घर ले जा बीड़ी...

बीड़ी : तू यहीं रुकेगा बप्पा?

बिसवा : *(एकटक एक तरफ देखते हुए)* उनकी गिरफ्तारी देखूँगा। उनकी गिरफ्तारी देखूँगा...

बीड़ी : *(कजरी से)* चल...! *(वो उठती है। बीड़ी उसे बच्ची की तरह सँभालते हुए धीरे-धीरे ले जाता है...)*

[मरघट में सन्नाटा बढ़ गया है। और बढ़ता चला जा रहा है। फिर एक ऐसा संगीत आ रहा है जो उस सन्नाटे को और बढ़ा रहा है। बिसवा पे स्पॉट तेज़ होता है।]

बिसवा : *(थोड़ा-सा हिलता है...! फिर वैसे ही एक तरफ देखते हुए)* उनकी गिरफ्तारी देखूँगा...। उनकी गिरफ्तारी देखूँगा...। जो बहुत पहले देख लेनी चाहिए थी...! *(एक पल रुकता है) (अपने-आपको सँभालने की कोशिश करता हुआ)* धीरे-धीरे चलियो रे मनवा! धीरे-धीरे चलियो। दौड़ा तो गिर पड़ेगा।...दौड़ा तो गिर पड़ेगा। वे कबीरदास जी कह गए हैं ना...कि चदरिया को...चदरिया को...चदरिया को...*(हाँफता है। उसका स्वर तेज हो रहा है।)* अरे काहे की चदरिया को...? किस की चदरिया को? कैसी चदरिया को...? चदरिया तो फट गई? अब फट गई...तो फट गई। तो का समझें...? तो का समझें...कि फट गई...क्योंकि फटना था? या बनी ही इसलिए थी... क्योंकि एक दिन फट जाए? अरे मगर क्यों...? क्यों फट जाए...? जब सँभाल के रखी थी...सहेज के रखी थी...सफाई से रखी थी...तो क्यों फट जाए...। *(स्वर तेज हो रहा है)* अरे क्यों फट जाए? और फटे तो अपने-आप फटे। बनाने वाला फाड़े। दूसरा क्यों?... उसको जे अधिकार कब से मिल गया? क्यों मिल गया? किससे मिल गया? कैसे मिल गया? किसी के सामने मिला? किसी ने मिलते हुए देखा? कोई

चस्मदीद गवाह था? *(रुकता है। पागलों-सा हँसता है।)* हाँ। जे साला गवाह! जे साला गवाह! जे साला गवाह यहाँ भी आ गया! साली गवाही चाहिए। अरे गवाही चाहिए...जे बतलाने के लिए कि मौढ़ा अपनी अम्माँ की औलाद है...? गवाही चाहिए जे बतलाने के लिए...कि आदमी अपनी जोरू का मरद है...? गवाही चाहिए जे बतलाने के लिए...कि हमारा सरीर हमारा है? गवाही चाहिए जे बतलाने के लिए कि हमारा खून का रंग भी लाल है? और कल को तेरे राज में गवाही चाहिए होगी जे बतलाने के लिए...कि तेरे सामने बैठा जे मानुस का बच्चा...मानुस का ही बच्चा है...अरे इस कचहरी को कोई फेल नहीं कर सकता क्या? *(चिल्लाता है।)*

धीमा फेड-आउट

[साथ ही एक धीमा फेड-इन हवेली में।]

[हरिभान...सुमन्ती...उनका दुधमुँहा बच्चा...और केसर पंडित... ।]

हरिभान : *(सधे स्वर में)* एक बात साफ-साफ पूछ रहा हूँ पंडित। तू भी सोच रहा है कि ये मुमकिन है?

केसर : नामुमकिन तो दुनिया में कुछ भी नहीं होता हरि...

हरिभान : पंडित। हम दोनों बचपन से एक साथ पले-बढ़े हैं। स्कूल-कॉलेज सब एक साथ किया है। तुझसे अधिक तो मुझे सुमन्ती भी नहीं जानती। तू भी सोच रहा है कि मैं ये कर सकता हूँ?

केसर : मैं तुझसे बोल चुका हूँ कि मेरा अपना सिद्धान्त तो ये है कि दुनिया में नामुमकिन तो कुछ भी नहीं होता...

हरिभान : *(खामोशी से उसको देखता रहता है, फिर बोलता है)* तो...तेरा क्या रुख है इस मामले में... ?

केसर : मालूम नहीं हरि! मैं अभी तक कुछ नहीं समझ पा रहा हूँ। बाक़ी मेरे रुख को तुझसे अधिक कौन जान सकता है?

हरिभान : क्या मतलब?

केसर : *(उसे नज़र उठाकर देखता है)* वैसे उसे आख़िरी बार देखा तो तूने ही था न?

हरिभान : *(परेशान होकर)* अरे अब मुझे क्या मालूम था यार कि वो आख़िरी बार हो जाएगा? हाँ-हाँ, मैं तम्बू से बाहर आया था झाड़ियों के पास पेशाब करने के लिए। वो भी वहाँ पेशाब कर रहा था। कच्ची ताड़ी भी तब आसपास ही टहल रहा होगा। तब देख लिया होगा उसने। लेकिन इसका मतलब ये तो नहीं कि...*(अपने हाथ से सर पकड़ता है)* और ऊपर से ये दारोगा...! बिना पूछताछ किए ही रिपोर्ट बना रहा है। उस पुराने केस में भी पुलिस घर पे आई थी।...बाकायदा छानबीन की गई थी। उसके बाद पिताजी को गिरफ्तार किया गया था।

केसर : वो केस रिकॉर्ड में अब भी होगा। उससे पचीसिया को तेरे खिलाफ सोच बनाने में मदद मिली होगी...

हरिभान : *(पागलों-सा सर झटकते हुए)* लेकिन वो उसमें बेदाग़ छूटे ये पंडित। और उस केस का इस केस से क्या सम्बन्ध? इसके अलावा वो मुझे गिरफ्तार कर ले। लेकिन कम से कम एक दस्तूरी खबर तो भिजवा दे? उसने मुझसे एक सवाल तक नहीं पूछा है...

केसर : ये बात तो ख़ैर मेरी भी समझ में नहीं आ रही! लेकिन एक बात बोलूँगा! वो लौंडा तुझे सुहाता तो नहीं था...

हरिभान : सुहाता तो वो तुझे भी नहीं था। तू कई बार मुझसे बोल चुका था कि उगती उमर में शराब-चरस का चस्का लग गया है। जल्दी मरेगा। तो इसका मतलब ये है कि तू उसका खून कर देता? उसकी तरफ के आधे से ज्यादा लोग उसे पसन्द नहीं करते थे। मुझसे खुद उन लोगों ने कई बार कहा था। तो फिर मैं ही क्यों? *(एकदम रुकता है। फिर केसर पंडित को ध्यान से देख के)* पंडित! तेरी आवाज़ मुझे बदली-बदली-सी लग रही है...

केसर : *(एक साँस छोड़ते हुए)* मालूम नहीं हरि। मैं आज जहाँ हूँ...वहाँ तक पहुँचने के लिए काफी लम्बा रास्ता तय किया है मैंने। मैंने ब्रह्मचर्य अपने बाप के जिन्दा रहते लिया था। मेरा बाप, जो आजादी की लड़ाई में गांधी बब्बा के साथ लड़ा था। मरते बख़त उसने मुझे शिक्षा दी थी...शरीर और आत्मा से कमजोर होकर कोई किसी से नहीं कह सकता कि जा...। मैंने तुझे छोड़ा। उसके लिए मजबूती चाहिए...! ताकत चाहिए! शरीर आत्मा दोनों की। अगर आज मैं सिर्फ पहलवानी करता हूँ...तो फिजूल ही नहीं करता। मैंने ये ताकत कमाने की कोशिश की है। आज मैं किसी से भी कह सकता हूँ...कि जा...। मैंने तुझे छोड़ा! क्योंकि अगर मैं ना चाहूँ तो उसे ना छोड़ूँ। और इसीलिए अब मुझे किसी को पकड़ने की जरूरत ही नहीं है! जहाँ चाहता हूँ घूमता हूँ...जिससे चाहता हूँ...बात करता हूँ। आज बिसवा दद्दू से लेके कंचन मल्लाह तक...सब मुसीबत के बखत में अपनी बिरादरी से पहले मुझे ही याद करते हैं। ये उनका भरोसा है मुझ पर। और ये भरोसा ही मेरी कमाई है। ये कमाई जिस दिन खर्च हो गई...उस दिन

मैं भी खर्च हो जाऊँगा। ये ही मेरा जात-धरम है...ये ही मेरा नज़रिया।

जहाँ तक तेरा सवाल है...तू मेरे बचपन का दोस्त है। मेरा घर ना बसाना तुझे कभी पसंद नहीं आया...ना मेरा पहलवानी करना। लेकिन तूने मुझे कभी टोकने की कोशिश नहीं की। और इसीलिए हमारी दोस्ती सलामत रही...और आगे भी रहेगी...अगर...

हरिभान : अगर... ?

केसर : अगर हम एक दूसरे को एक हद के बाद रोकने की कोशिश न करें। बाक़ी जहाँ तक इस केस का सवाल है...इसमें एक जान गई है। जान का जाना कोई खास बात नहीं है। लेकिन उसका लिया जाना सचमुच खास बात है। तेरे पिताजी के खिलाफ़ पहले भी एक केस बन चुका है। भले ही उन पर जुर्म साबित ना हुआ हो...। लेकिन इस केस में तेरे खिलाफ सबूत है। अदालत कोई अंधी तो होती नहीं। तूने कुछ नहीं किया है तो जरूर छूटेगा। और अगर किया है... तो...*(खामोश हो जाता है।)*

[थोड़ी देर खामोशी रहती है। फिर केसर उठता है।]

अब चलूँगा। थोड़ा बखत अखाड़े में लगाकर बिसवा दद्दू के पास जाऊँगा। उन लोगों को शायद ऐसे मौके पर मुझसे बात करना अच्छा लगे।

सुमन्ती : *(धीरे से)* चलिए, मैं आपको बाहर तक छोड़ आती हूँ। *(वो उसको लेकर बाहर की तरफ जाती है। हरिभान उन्हें जाते हुए देख रहा है। फिर वो एकदम आवाज़ लगाता है।)*

हरिभान : पंडित! *(वो दोनों रुकते हैं। मुड़ कर उसकी तरफ देखते हैं।) (हरिभान सधे कदमों से पालने की तरफ जाता है। बच्चे को हाथ में उठाता है। उसके सर पर हाथ रखता है। फिर बोलता है।)*

हरिभान : *(गम्भीर स्वर में)* पंडित। इनसान चाहे कैसा भी हो...! चाहे किसी भी जात-धरम का हो। लेकिन अपनी औलाद से ज्यादा प्यारा उसे कुछ नहीं होता! मैं अपने इस दुधमुँहे बच्चे की सौगन्ध खाकर कहता हूँ... कि मैंने उस मंगल धनुआ नाय के इनसान का खून नहीं किया।

[केसर उसे देखता रह जाता है। सुमन्ती धीरे-धीरे हरिभान की तरफ चल कर आती है। उसके सामने आकर उसकी आँखों में देखती है। फिर मुड़कर केसर को देखती है और अपने पति से सटकर खड़ी हो जाती है। केसर गम्भीर खड़ा उनको देख रहा है।]

फेड-आउट धीमे-धीमे

[और एकदम फेड-इन होता है मरघट से... बिसवा धनुआ की आवाज़ से। स्पॉट आता है।]

बिसवा : मंगल धनुआ...! *(जैसे किसी प्रश्न का जवाब दिया हो...।) (मरघट में काफी लोग खड़े हैं।)*

पचीसिया : और तेरा?

बिसवा : *(हाथ जोड़े हुए)* बिसवा धनुआ हुजूर!

पचीसिया : और तेरे बाप का नाम...सिक्का धनुआ...? मतलब डकैत सिक्का।

बिसवा : *(हाथ जोड़े हुए)* जी हुजूर।

पचीसिया : खाने-कमाने को क्या करता है?

धनुआ : हुजूर। थोड़ा-बहुत चमड़े की कारीगरी जानते हैं। सो वो ही कर लेते हैं...

पचीसिया : और बन्दूक की कारीगरी...?

धनुआ : *(कानों को हाथ लगाता हुआ)* राम का नाम लेओ... हुजूर। वो सब तो बप्पा के साथ ही खत्म हो गया! कसम ले लो जो कभी पिछले तीस साल में बन्दूक को छुआ भी हो।

पचीसिया : *(मुड़ता है, कच्ची ताड़ी को पास बुलाता है)* इधर आ! *(वो डगमगाता हुआ आता है।)*

पचीसिया : फिर पी रखी है?

कच्ची ताड़ी : *(सिर हिलाता हुआ)* नहीं-नहीं...पीनी काय को है...? काय को पीनी है...? कोई सराबी थोड़े ही हैं...?

पचीसिया : वो तो तुझे मैं बतलाऊँगा! मैंने तुझे कहा था ना कि सोमवार की सुबह तक दारू को हाथ मत लगाना?

कच्ची ताड़ी : *(सिर हिलाते हुए)* हाँ तो...कहाँ लगाया...? नहीं लगाया...?

पचीसिया : तो ये हिल क्यों रहा है?

कच्ची ताड़ी : वो तो मतलब...आदत पड़ गई है...। आदत पड़ गई है।

[पचीसिया एकदम उसकी गरदन पकड़कर पास खींचता है और उसका मुँह सूँघता है।]

[फिर सिर हामी में हिलाता हुआ छोड़ देता है।]

पचीसिया : ठीक है। अब दौड़ कर जा और हवेली से हरिभान सिंह को बुला ला!

[लड़खड़ाता हुआ एक कदम पीछे हटता है।]

कच्ची ताड़ी : का हुजूर? यहाँ? ठाकुर साहब को? *(बाक़ी सारे लोगों के मुँह हैरत के मारे खुल चुके हैं। बिसवा धनुआ आँखें फाड़े एक कदम पीछे जा चुका है। केसर एक कदम आगे बढ़ा चुका है।)*

पचीसिया : सुना नहीं क्या? हवेली से हरिभान सिंह को बुला ला।

कच्ची ताड़ी : *(हकलाता हुआ)* हुजूर उनको? यहाँ।

पचीसिया : सुना नहीं क्या? मैंने कहा जा...

[कच्ची ताड़ी जाता है।]

पचीसिया : *(मुड़ता है, बिसवा से)* ये कसम किसके लिए लेता है? सिर्फ अपने लिए...या अपने लौंडे के लिए भी?

बिसवा : अपने लौंडे के लिए तो और जोर से लेता हूँ हुजूर। हम तो अनपढ़-गँवार रहे सारी जिन्दगी। वो पहला था जो पूरी बिरादरी में कॉलिज तक गया।

पचीसिया : और वहाँ जाकर क्या किया?

बिसवा : पढ़ा-लिखा हुजूर। समझदार बनने की कोशिश की।

पचीसिया : तुझे कैसे मालूम?

बिसवा : मेरे को क्या हुजूर...सारे अम्बाह को मालूम है। रोज सुबह बस से जाता था...साम को ग्वालियर से लौट आता था। बस इस बार पहली मरतबा पिछले छह महीने से...*(रुक जाता है)*।

पचीसिया : *(ठहरे हुए स्वर में)* पिछले छह महीने से...?

बिसवा : पिछले छह महीने से वो वहीं रहा। छात्रावास में...!

पचीसिया : क्यों?

बिसवा : अपनी पढ़ाई के कारण हुजूर! बोलता था कि वो कुछ...*(रुकता है)* वो कुछ इश्ट्राईक हो गई थी...उसके कॉलिज में...

पचीसिया : तो उस में उसका क्या काम था? वो वापस क्यों नहीं आ गया?

बिसवा : *(गड़बड़ाता हुआ)* अब जे तो वही जाने सरकार...! बोलता था कि...उसका वहीं रहना जरूरी था। मालूम नहीं कब इश्ट्राईक खुल जाए और पढ़ाई शुरू हो जाए...!

पचीसिया : वो तो यहाँ रहकर भी मालूम कर सकता था। ग्वालियर दूर तो नहीं है?

बिसवा : अब ये तो वही जानता था...!

पचीसिया : और क्या तू जानता था कि वो वहाँ यूनियनबाजी करता रहा? बसों पर ईंट-पत्थर फेंकता रहा? कॉलेज के प्रिंसिपल को उसने चाँटा मार दिया?

बिसवा : *(डबडबाई आवाज़ में)* मुझे मालूम नहीं सरकार, मुझे मालूम नहीं...।

पचीसिया : मुझे है...! मुझे है...

[हरिभान सिंह! परेशान हकबकाया...! उसके पीछे कच्ची ताड़ी काँपता हुआ चल रहा है।]

हरिभान : क्या बात है! क्या हुआ? *(उसके माथे पर बल पड़े हुए हैं। फिर उसकी नज़र चिता पर पड़ती है। वो धीरे से हाथ जोड़ता है।) (पचीसिया धीरे-धीरे चलकर उसके पास आता है।)*

हरिभान : *(उसको देखता है)* आपने मुझे बुलाया?

पचीसिया : जी हाँ! *(सिर हिलाता है।)*

हरिभान : यहाँ? किस बात के लिए?

पचीसिया : इन्क्वायरी करने के लिए!

हरिभान : ये पुलिस स्टेशन है?

पचीसिया : जो है...सभी के लिए है...! यहाँ बिसवा की इन्क्वायरी हो सकती है तो आपकी भी हो सकती है! *(हरिभान उसे घूरकर देख रहा है।)* मैं शुरू करता हूँ...!

हरिभान : मैं वापस चलता हूँ। *(जाने के लिए मुड़ता है।)*

पचीसिया : मैं इस बार हवेली से उठवा कर मँगवा लूँगा ठाकुर साहब! पुलिसवाले से पंगा मत लेना। *(हरिभान रुकता है। मुड़ता है। उसके चेहरे पर घोर अविश्वास है...!)*

पचीसिया : ये जो लौंडा मरा है...इसको कभी जिन्दा रहते सलाम किया था?

हरिभान : मतलब...?

पचीसिया : मतलब ये कि इसकी मौत के बाद क्यों हाथ जोड़ रहे हैं?

हरिभान : चिता पर हमेशा हाथ जोड़े जाते हैं!

पचीसिया : आपके खानदान में भी इसका रिवाज है? *(हरिभान उसे खामोशी से देखता रहता है।)*

पचीसिया : किसी कबीरदास नाम के आदमी को जानते हैं?

हरिभान : कबीरदास? कौन कबीरदास?

पचीसिया : जुलाहा था! गाता फिरता था। आजकल उसकी कविताएँ स्कूल की पाठ्य-पुस्तकों में लगती हैं!

हरिभान : *(उसे ध्यान से देख कर)* आप संत कबीरदास की बात कर रहे हैं...?

पचीसिया : याद आ गया? जो बड़े-बड़े राजा-महाराजा को जूते पे रखके चलता था?

हरिभान : उसका इस इन्क्वायरी से क्या सम्बन्ध?

पचीसिया : सम्बन्ध मुझे मालूम है। आपकी क्या राय है उसके बारे में? कैसा आदमी रहा होगा? *(हरिभान खामोश खड़ा है।)* आपने मेरे दोनों सवालों का जवाब नहीं

दिया! अब तीसरा और आख़िरी सवाल पूछता हूँ। कभी राह चलते अगर प्यास लगी और आपका घर सामने दिखा तो एक लोटा पानी पिलाना पसन्द करेंगे? *(हरिभान कुछ ना समझ कर वैसे ही खड़ा है।)*

पचीसिया : जाइए...! इन्क्वायरी खत्म हुई।
(कच्ची ताड़ी से) चल बे। तुझे मेरे साथ थाने चलना है...लिखित बयान के लिये...। *(उसको साथ में लेता है और वो दोनों निकल लेते हैं।)*

[केसर पंडित आता है।
हरिभान जाता है।]

[दोनों एक दूसरे को क्रॉस करते हैं।]

केसर : *(थोड़ी देर बाद)* दद्दू! बात ज्यादा लम्बी नहीं करूँगा। मुझ पर भरोसा करते हो ना?

बिसवा : *(हाथ जोड़कर)* ना करके नरक भोगना है पंडित जी?

केसर : तो एक बार फिर सोच लो। मैंने अपनी जिन्दगी में हर घाट का पानी पिया है...और हर घाट पर हर तरह के लोग देखे हैं। एक बार फिर सोच लो।

बिसवा : *(अब थोड़े सधे स्वर में)* किस बारे में?

केसर : *(एक गहरी साँस लेकर)* दद्दू उसको उस रात आख़िरी बार देखने वाला मैं भी हो सकता था।

बिसवा : हो सकते थे! और मैं रपट नहीं लिखाता।

केसर : क्यों?

बिसवा : क्योंकि वो आप होते। मैंने रपट लिखाई क्योंकि वो आप नहीं थे।

केसर : तुमने रपट लिखाई...। किसके कहने पर? जिसको

ताड़ी पी के होश नहीं रहता कि दिन-रात में भेद क्या है...!

बिसवा : लेकिन उसको जे होस रहा कि मंगल को आख़िरी बार देखने वाला कौन था।

केसर : मतलब उसका विश्वास करते हो...?

बिसवा : करता हूँ...पंडित जी...और दुख इसी बात का है कि देर से कर रहा हूँ। बीस साल पहले कर लेना चाहिए था!

केसर : तब मैं पन्द्रह साल का था। मुझे इतना याद नहीं है। और जो याद है...उसके हिसाब से उसमें भी तुम कुछ साबित नहीं कर पाए थे।

बिसवा : तब ना तो साबित करने की इच्छा थी...पंडित जी...! और ना हिम्मत...!

केसर : दद्दू, वो अपने बच्चे के सिर की सौगन्ध खाके कह रहा है कि ये कतल उसने नहीं किया...!

बिसवा : ये ही कसम आज से बीस साल पहले विजयभान सिंह ने इन्हीं हरिभान के सिर पर हाथ रख कर ली थी।

[और बुद्धो उठती है]

बुद्धो : अरे चम्बल मैया की छाया है पंडित जी...और कुछ नहीं। मैं तो कब से बोल रही हूँ...उन्हीं की छाया है। अरे एक जाये तो रोयें...। जहाँ तो जे रोज की आफत है। कौन आज से देख रही हूँ...! मंगल के दद्दा के जमाने से सुरू हुआ था सब कुछ। पाँच गोलियाँ लगी थीं। जाते-जाते खाली दुनाली मुझे थमा गए। उनकी लास को चारपाई से बाँध के खड़ा कर दिया था पुलिसवालों ने। *(अजीब-सी हँसती है)* अरे मैं तो भौत रोई...। आज हँसी आती है। मुर्दे से डर रहे थे सारे। अरे मुर्दा किसी का क्या बिगाड़ सकता है? और

उसके बाद तो ताँता सुरू हो गया। कभी कोई तो कभी कोई। फिर बीस साल पहले मंगल की अम्माँ गई। फिर तो मेरे को पूरा बिस्वास हो गया कि ये मैया की ही करनी है। जे उन्हीं की इच्छा है। अब उनकी इच्छा के सामने अपनी क्या बिसात...? और तभी से पूरी बिरादरी में जे मरघट वाला चलन सुरू हो गया। अरे कोई जाए तो हँसी-खुसी बिदा करो? और जवान मौत कौन सबको मिलती है? उसमें तो और खुसी मनाने की जरूरत है। बड़ा हो के भी ऐसे ही मरता?... कौन नई बात होती। अरे पंडित जी। जे औरत की कोख तो कई बार मानुस के बजाय आगि पैदा करती है आगि...

कजरी : *(चिल्लाती है)* बुद्धो...*(और काँपते हाथों से बुद्धो का हाथ पकड़ती है और अपने पेट पर रखती है। बीड़ी बुत बना देख रहा है। बुद्धो आँखें फाड़े देख रही है। उसके पेट को टटोल के देखती है। एकदम सन्नाटा है। फिर बुद्धो बुरी तरह से काँपती हुई ऐसे बैठती है जैसे उसके घुटनों में दम ही ना रह गया हो। फिर थोड़ी देर बाद मुँह आकाश की ओर करके चिल्लाती है...)*

बुद्धो : अरे चम्बल मैया। अगर जीवन में थोड़ा-सा भी पुन्न किया हो...तो मुझको जे अपनी चौथी पीढ़ी... जिन्दा चाहिए...

धीमे-धीमे फेड-आउट

धीमे-धीमे फेड-इन अदालत

[अदालत से संदीप का स्वर आता है गूँजता हुआ।]

संदीप : और फिर आप वापस तम्बू के अन्दर आ गए और अपनी पत्नी के पास आकर बैठ गए...!

हरिभान : *(कठघरे से)* जी हाँ। आकर पंडवाणी देखने लगा। ब्रह्मा दिगजी के यहाँ लड़का हुआ था। उसने छत्तीसगढ़ के सबसे मशहूर पंडवाणी गाने वालों को बुलाया था... चम्पाबाग में...

संदीप : ये बात किस दिन की है?

हरिभान : 20 दिसम्बर की रात की!

संदीप : यानी जिस रात मंगल का खून हुआ?

हरिभान : जी हाँ!

संदीप : मुझे और कुछ नहीं पूछना...! *(बैठता है।)*

धीर : *(खड़े होते हुए)* आपने बताया कि आप उस रात ग्यारह बजे तम्बू से उठे। पेशाब करने के लिए।

हरिभान : जी हाँ!

धीर : कैसे पता था कि ग्यारह ही बजे हैं?

हरिभान : मेरी पत्नी ने हाथ में घड़ी पहनी हुई थी।

धीर : आप क्या हमेशा पत्नी से टाइम पूछ कर पेशाब करने के लिए उठते हैं?

हरिभान : अब नज़र पड़ गई होगी!

धीर : आपके हिसाब से बाहर मंगल ने आपसे बदतमीजी करने की कोशिश की?

हरिभान : जी हाँ!

धीर : आपने उसका क्या जवाब दिया?

हरिभान : मैं सुनता रहा। मुझे मालूम था कि वो नशा-पत्ता किए होगा। मुझे नशे-पत्ते से घृणा है। मेरे बाप को भी थी।

फेड-आउट

फेड-इन

सुमन्ती : मेरे ससुर को नशे-पत्ते से चिढ़ थी। मेरे पति को भी है। और मुझे भी है। अरे, दो जून की रोटी तो मिल नहीं पाती! ये नशे-पत्ते का रोग और पाल रखा है। पाप-अपराध इनसे नहीं होंगे, तो क्या हमसे होंगे?

फेड-आउट

फेड-इन अदालत

बिसवा : लेकिन इस बार ग्वालियर से लौटने के बाद उसमें एकदम से बदलाव आ गया था। कई बार मेरे सामने आकर खड़ा हो जाता और मुझ को घूरता रहता। बुद्धो से अपनी अम्मा के बारे में सवाल पूछता रहता! रोज साम को बिन्दी के पोखर पे चला जाता! वहाँ खामोश बैठकर अपने-आपसे बातें करता! फिर रात गहराने पर लौटता और चुपचाप सो जाता! उसकी हालत देखकर मुझे डर लगने लगा था! यही सोचकर हमने उसकी सगाई कर दी कि कुछ सुधर जाएगा...लेकिन कोई फायदा नहीं हुआ।

धीर : हूँ...*(सोचता हुआ बैठ जाता है।)* मुझे फिलहाल कुछ और नहीं पूछना।

संदीप : *(उठते हुए)* बिसवा आपके लड़के के बारे में सब ये कहते हैं कि वो बहुत बदतमीज़ था...गुस्सैल था...! उसकी ग्वालियर की रिपोर्ट भी ये ही बतलाती है। आपकी इस बारे में क्या राय है?

बिसवा : *(रुँधे स्वर में)* मैं उसके साथ कभी सहर में नहीं रहा। सो मुझे नहीं मालूम।

संदीप : और यहाँ आने के बाद जो उसने बिरजेश की गाय हाँक दी? बिन्नू छकड़ू की पिटाई लगा दी? सूरत

मल्लाह की नाव उलट दी? चैन-मगन पे तारतोल फेंक दिया?

बिसवा : उसके लिए मैंने उसे डाँटा था! मैंने खुद उसे बिरजेश और बिन्नू छकड़ू से माफी माँगने भेजा था।

संदीप : और वो दोबारा उन दोनों को पीटकर वापस आ गया था। कोतवाली में उस दिन की रपट मौजूद है।

[बिसवा कुछ नहीं बोलता।]

संदीप : उसके गाँजे-चरस की आदत से आप वाकिफ थे?

बिसवा : थोड़ा-थोड़ा।

संदीप : आपने कभी उसे रोकने की कोशिश की?

बिसवा : इस गाँव की हर जात के आदमी ने अपनी जवानी में थोड़ा बहुत नसा-पत्ता किया है। तो वो कोई इतनी बड़ी बात नहीं थी।

संदीप : इसका मतलब आप उसे गलत नहीं मान रहे?

बिसवा : जे मैंने कब कहा? मैंने उसे रोका था!

संदीप : क्या वो रुका?

बिसवा : अब ये तो वो ही जाने।

संदीप : नहीं रुका! यहाँ तक कि एक बार नशा करके वो कांस्टेबल वीर भदौरिया तक से उलझ पड़ा। *(बिसवा चुप रहता है।)*

आपने बतलाया कि वो बड़े ठाकुर विजयभान सिंह को अपनी माँ का कातिल मानने लगा था। कहीं ऐसा तो नहीं कि ये सोच-सोच कर वो उनके लड़के यानि मेरे मुवक्किल हरिभान सिंह से बिना बात की दुश्मनी पाल चुका था?

बिसवा : *(ऊँची आवाज़ में)* उसने आज तक ठाकुर साब से बात तक नहीं की। उनके खिलाफ कोई बदतमीजी नहीं की।

संदीप : उस रात तो करने की कोशिश की? जैसा कि मेरे मुवक्किल ने बतलाया?

बिसवा : *(एक कड़वी हँसी हँसकर)* और उसके बाद किसी से भी बदतमीजी करने के काबिल नहीं रहा।

संदीप : आपने बतलाया वो खामोश रहता...! अपने आप से बातें करता...पोखर की चट्टान पर अकेला बैठा रहता...

बिसवा : उसने अपनी अम्माँ खोई थी। गऊ जैसे पवित्र... और...

संदीप : उसकी माँ...यानी आपकी पत्नी...बहुत खूबसूरत थी... और आपके हिसाब से बड़े ठाकुर उस पर बुरी नज़र रखते थे...। आपने कभी उनके खिलाफ रपट लिखाई? कोई कार्रवाई की?

बिसवा : *(एक कड़वी हँसी हँस कर)* रपट? उनके खिलाफ? क्या सुलताना डाकू की कहानी सुना रहे हो महाराज?

संदीप : क्यों आज देश में कोई छोटा-बड़ा नहीं है। आज सरकार...

बिसवा : *(बात काट कर)* दिल्ली से अम्बाह पहुँचने के लिए पहले मुरैना आना पड़ता है। फिर वहाँ से बस पकड़नी पड़ती है और फिर छह मील पैदल चलना पड़ता है। सरकार को तो पहुँचते-पहुँचते कमर टूट जाए।

फेड-आउट

फेड-इन

कच्ची ताड़ी : अरे सरकार की दुहाई देता था ना तू बप्पा! देख आज सरकार मेरे पीछे दौड़ रही है। और मैं दौड़ रहा हूँ बीहड़ों में बन्दूक लेकर...! और ये दौड़ तेरे बाप की

तरह पुलिस की चारपाई से बँध कर मुँह से खून उगलते हुए ही खत्म होगी बप्पा!

फेड-आउट

फेड-इन अदालत

धीर : पचीसिया साहब! आपको अच्छी तरह से याद है कि कच्ची ताड़ी ने शराब नहीं पी हुई थी?

पचीसिया : उसने उस रात शराब नहीं पी हुई थी! मैंने उसका मुँह सूँघ कर देखा था! बाक़ी उसकी मेडिकल रिपोर्ट अभी आनी बाक़ी है।

धीर : आपको घटना की खबर कैसे पता चली?

पचीसिया : मेरी ड्यूटी चम्पा बाग़ में थी! रात के करीब साढ़े ग्यारह बजे पंडवाणी खत्म हुई। अभी लोग तम्बू से निकल ही रहे थे कि अचानक शोर-सा मच गया। मैं दौड़कर वहाँ पहुँचा। चम्पा बाग से करीब तीस गज दूरी पर महतो का ट्यूबवेल है। उसके अन्दर मंगल की लाश पड़ी हुई थी। उससे लिपटा हुआ बिसवा फूट-फूट कर रो रहा था...! कजरी पछाड़ खा के पड़ी हुई थी। बीड़ी और उसके साथी खूनी निगाहों से यहाँ-वहाँ देखते हुए घूर रहे थे और भीड़ में बीच में कच्ची ताड़ी चीख-चीख कर कह रहा था कि वो ठाकुर साहब ही थे! वो ठाकुर साहब ही थे।

धीर : फिर आपने क्या किया?

पचीसिया : लाश का पंचनामा किया! कच्ची ताड़ी का बयान दर्ज कराया!

धीर : बयान में उसने क्या कहा?

पचीसिया : उसके बयान के हिसाब से वो ग्यारह बजे चम्पा बाग से उठा कलारी से शराब लाने को!

धीर : कैसे मालूम कि उस वक़्त ग्यारह ही बजे थे?

पचीसिया : क्योंकि कलारी ठीक ग्यारह बजे के बन्द हो जाती है। चम्पाबाग से कलारी जा के वापस आने में बीस मिनट लगते हैं। और उसके उठने के एक मिनट बाद ही हरिभान सिंह उठे। वो वापस आया तो उसने हरिभान सिंह और मंगल को बतियाते पाया। वो एकदम अन्दर भागा और बीड़ी को उसकी जानकारी दी। और जब ये लोग बाहर आए तो हरिभान अन्दर घुस रहा था। और उसके बाद मंगल की लाश बरामद हुई...!

धीर : कच्ची ताड़ी इस वक्त कहाँ है?

पचीसिया : सरकारी अस्पताल में। उसको कोई तकलीफ थी। उसने अपना बयान कलमबद्ध कर हमें भेजा है।

धीर : मुझे फिलहाल और कुछ नहीं पूछना।

संदीप : *(उठते हुए)* पचीसिया साहब! आप को अम्बाह में पोस्ट हुए कितने दिन हो गए?

पचीसिया : एक साल!

संदीप : और यहाँ लोग-बाग़ कच्ची ताड़ी को पिछले तीस साल से जानते हैं। और इन तीस सालों में एक भी जलसे या त्यौहार का दिन नहीं गया जब उसको नशे में धुत्त ना पाया गया हो।

पचीसिया : *(दृढ़ स्वर में)* छोड़ उस एक दिन वो...बीस दिसम्बर। अमावस्या की रात को!

संदीप : यानि जिस रात मंगल का खून हुआ?

पचीसिया : नहीं! जिस रात हरिभान सिंह ने मंगल का खून किया!

संदीप : इन्क्वायरी में आपने ठाकुर हरिभान से तीन सवाल पूछे...! उनमें से एक का भी मतलब इस कचहरी

के सामने रख सकते हैं जो इस केस से सम्बन्ध रखता हो?

[पचीसिया खामोश खड़ा है।]

संदीप : चलिए ये भी छोड़िए। आप इसके पहले कहाँ पोस्टेड थे?

पचीसिया : भोपाल में।

संदीप : तो आपकी पहली पोस्टिंग थी?

पचीसिया : जी हाँ। मैं दो साल पहले ही ट्रेनिंग से निकला हूँ।

संदीप : ये आपकी पहली पोस्टिंग है?

पचीसिया : दूसरी! मैं पहले भोपाल में था।

संदीप : यानी एक साल के छोटे से वक्फे में आपका ट्रांस्फर हो गया! इसका कारण बतला सकते हैं?

पचीसिया : *(खामोशी से)* ये मेरा डिपार्टमेंट बेहतर जानता है।

संदीप : आपकी पोस्टिंग के दौरान भोपाल में एक केस हुआ था...। आपको याद है?

पचीसिया : भोपाल में एक दिन में पचास केस होते हैं। आप किस वाले की बात कर रहे हैं?

संदीप : जिसकी तफ्तीश आपने की थी। मैं पूरो मर्डर कांड की बात कर रहा हूँ...!

पचीसिया : आप पूरो रेप कांड की बात कर रहे हैं, जिसमें उस पूरो नाम की हरिजन लड़की का रेप करने के बाद उसके हाथों को तोड़कर फेंक दिया गया था।

संदीप : राइट! और उसके मुजरिम?

पचीसिया : छूट गए थे...! बेदाग...! सबूत...सबूत।

संदीप : सबूत की जरूरत आजकल अदालत को पड़ती है

जनाब! पुलिस को नहीं। उनमें से एक की नाक अब भी टूटी हुई है...उनमें से दूसरा अब भी लँगड़ा कर चलता है और तीसरा इतना ज़्यादा ख़ौफ़ज़दा है कि वो अब तक गुमनाम जिन्दगी जी रहा है।

[पचीसिया ख़ामोश खड़ा है।]

संदीप : *(आगे बोलता है)* आप इस बात से इनकार करते हैं कि आप उसके बाद दो महीने सस्पेंड रहे और फिर आपका ट्रांस्फर भोपाल से अम्बाह कर दिया गया? सीधे टाउन से रीमोट में? क्या आप इस बात से इनकार करते हैं कि उन तीनों को मारने की वजह सिर्फ इतनी थी कि वो एक अपर कास्ट से सम्बन्ध रखते थे? और क्या आप इस बात से भी इनकार करते हैं कि अपर कॉस्ट वालों के लिए आपका उबलता हुआ गुस्सा सिर्फ इसलिए है कि *(रुकता है)* क्योंकि आप खुद शिड्यूल कॉस्ट से बिलांग करते हैं?

फेड-आउट

फेड-इन ए स्पॉट

केसर : हरि कि कौन किस जात का है...इससे किसी को क्या मतलब है? तूने ये खून किया या नहीं...?

फेड-आउट

फेड-इन अदालत

Fade in अदालत

धीर : तो उस रात वो तुम्हारे पास से उठा था?

कजरी : *(सिर झुकाये)* हाँ।

धीर : कभी हरिभान सिंह से मिली हो?

कजरी : नहीं।

धीर : उनकी पत्नी से... ?

कजरी : एक बार मिले थे। उनकी अमराई में!

धीर : उनकी अमराई में? तुम?

कजरी : हम भी घबरा गए थे। लेकिन वो बहुत अच्छी थीं। उन्होंने हमें कुछ भी नहीं कहा। *(धीर बैठता है।)*

संदीप : *(वैसे ही)* तुम्हारी माँ आजकल कहाँ है कजरी?

कजरी : *(सर झुकाए हुए)* अस्पताल में!

संदीप : क्यों?

कजरी : उनको दिल का दौरा पड़ा था!

संदीप : दौरे का कारण?

कजरी : *(धीरे से)* मालूम नहीं।

संदीप : *(तीखे स्वर में)* बीड़ी नाम के किसी आदमी को जानती हो?

कजरी : *(हाँ में सिर हिलाती है।)*

संदीप : उसे आख़िरी बार कब देखा था?

कजरी : *(फँसी आवाज़ में)*
दो-एक महीने हो गए।

संदीप : दो...या एक?

कजरी : दो...!

संदीप : अपना कंबल उतारोगी। *(कजरी हल्का-सा काँपती है।)*

संदीप : मैंने पूछा अपना कंबल उतारोगी?

[कजरी की आँखों में आँसू झिलमिलाना शुरू हो गए हैं।]

संदीप : *(खामोश आवाज़ में)* तुम्हारे कंबल के नीचे कमीज है...कमीज के नीचे पेट है और उसके अन्दर एक बच्चा है। उसका बाप कौन है?

[कजरी सर झुकाकर अपनी आँखें भींच चुकी है। उसके कोरों पे आँसू चमकना शुरू हो गए हैं।]

संदीप : मैं नाम लेता हूँ। मंगल... ? *(कजरी वैसे ही खड़ी है।)* या बीड़ी... ?

[कजरी एक झटके से सिर उठाती है। उसकी आँखें फट चुकी हैं।]

कजरी : *(फटी आँखों से)* का?

संदीप : *(ऊँची आवाज़ में)* मंगल...या बीड़ी... ? वो बीड़ी जो मंगल की मौत के दो दिन बाद बन्दूक लेकर बीहड़ों में उतर गया था? वो बीड़ी जिसने ठाकुर हरिभान सिंह के तीन रिश्तेदारों को एक महीने पहले गोली से उड़ा दिया? और वो बीड़ी जिससे...*(रुकता है)* *(फिर चबा-चबा कर बोलता है)* जिससे तुम दो महीने से नहीं मिली?

[कजरी अब पागलों-सी यहाँ-वहाँ देख रही है।]

संदीप : क्या ये झूठ है कि तुम्हारी इस नाजायज औलाद के सदमे से तुम्हारी माँ को दिल का दौरा पड़ गया? क्या ये झूठ है कि तुम दो महीने में बीड़ी से सात बार मिलीं।...पुलिस के मुख़बिर जिसके गवाह हैं?

[कजरी अपना सर यहाँ-वहाँ झटकने लगी है।]

संदीप : और क्यों ये झूठ है कि अपने होने वाले पति को धोखा देकर तुमने बीड़ी से रास रचाया, जिसका अंजाम उसकी औलाद के रूप में तुम्हारे पेट में मौजूद है?

[कजरी यहाँ-वहाँ सर झटकते हुए चीखती है।]

कजरी : हाँ-हाँ ये झूठ है...ये झूठ है। ये झूठ है... ! ये झूठ है...

फेड-आउट
फेड-इन ए स्पॉट

बीड़ी : अरे, मैं तेरी उस कचहरी में था नहीं हरिभान...तेरी इस तोहमत का जवाब देने के लिए...

फेड-इन एक दूसरा स्पॉट

केसर : तेरी कचहरी, इस बात को मान के क्या तुझे निर्दोष बरी कर देगी हरि? फिर इस इलजाम का मतलब क्या?

फेड-इन एक तीसरा स्पॉट

बिसवा : अरे गवाही चाहिए ये बतलाने के लिए कि मौढ़ा अपने बाप की औलाद है? इस कचहरी को कोई फेल नहीं कर सकता क्या?

फेड-इन मरघट
इंट्री बुढ्ढो...
मंगल पद इन ए स्पॉट

मंगल : मेरी अम्मा बड़ी खूबसूरत थी ना बुद्धो? खूबसूरती और वो भी हमारी जात में...! अरे हमारी जात में तो खूबसूरत लड़की को पैदा होते ही मार देना चाहिए...।

फेड-इन मरघट

बुद्धो : *(बेतरह काँपते हुए)* अरे रच्छा करना परभु जी। जै हो चम्बल मैया की। मरी का नाम...*(काँपती है)* मरी का नाम...*(फिर काँपती है)* मरी का नाम...कजरी सुगनी...! बाप का नाम...लत्तो सुगनी...। गाँव अम्बाह...जिला मुरैना...। अरे बिटिया...। जाते-जाते अपने बप्पा को जाद रखियो। अपनी अम्मा को जाद रखियो...अपने सगे-सम्बन्धियों को जाद रखियो...! भूल मति जइयो...! बोलो कौन मैं...*(आवाज़ फँसती है)* बोलो कौन मैं। *(फिर से आवाज़ फँसती है।)* बोलो कौन मैं...*(धीरे से...)* झूठ बोल रही?

[सारे चुप खड़े हैं। कोई जवाब नहीं देता!]

बुद्धो : *(थोड़ा ऊँचे स्वर में)* अरे बोलो कौन मैं...*(हाँफती है)* झूठ बोल रही?

[हाँफती है। सारे खामोश खड़े हैं।]

बुद्धो : *(गरजते हुए पूरी ताकत से)* अरे नासपीटो! बोलो कौन मैं झूठ बोल रही?

[कोने में खड़े हुए केसर पंडित आगे बढ़ते हैं। बुद्धो के पास आते हैं। उसकी आँखों में आँखें डाल के देखते हैं। फिर बोलते हैं।]

केसर : *(भीगी मगर दृढ़ आवाज़ में)* हाँ बुद्धो...! तुम झूठ बोल रही...।

[बुद्धो आँखें फाड़े उनको देखती रह जाती है। फिर कँपकँपाते हुए अपने हाथों को जोड़ती है।]

बुद्धो : *(कँपकँपाते हुए)* का मैं... ? झूठ बोल रही... ? *(केसर पंडित अपने दोनों हाथों से उसके हाथों को पकड़ते हैं। वो जोर से थरथराती है...और गले से ऐसे आवाज़ निकलती है जैसे किसी जानवर को जिबह किया जा रहा हो...)*

बुद्धो : *(आँखें मूँदते हुए थरथराती हुई)* अरे पंडित जी...! पाप लगबाओगे... ?

केसर : *(वैसे ही)* पाप तो लग चुका बुद्धो! तुम अपनी चौथी पीढ़ी जिन्दा चाहती थी ? देख तुम्हारी कामना पूरी नहीं हुई। तुम्हारी होने वाली बहू ने आत्महत्या कर ली। और तुम्हारी चौथी पीढ़ी जिन्दा होने से पहले ही मिट गई। *(सब तरफ खामोशी।)*

फेड-आउट

फेड-इन अदालत

धीर : श्रीमती सिंह, आप कहती हैं आपके पति उस रात ग्यारह बजे पेशाब करने तम्बू से उठे थे!

सुमन्ती : जी हाँ।

धीर : आपको कैसे मालूम ग्यारह ही बजे थे ?

सुमन्ती : हमने घड़ी देखी थी।

धीर : क्या आप हमेशा घड़ी देखती हैं जब आपके पति पेशाब करने उठते हैं ?

सुमन्ती : *(सख़्त स्वर में)* घड़ी देखने के लिए हमेशा कारण की जरूरत नहीं पड़ती।

धीर : ठीक है। दूसरा सवाल। उस समय स्टेज पर कौन-सा सीन चल रहा था?

सुमन्ती : राजसूय यज्ञ का।

धीर : और आपके पति उसके दस मिनट बाद आकर बैठ गए थे। आपको वक्त याद है क्योंकि आपने तब भी घड़ी देखी होगी। उस वक्त कौन-सा सीन चल रहा था?

सुमन्ती : लाक्षागृह का!

धीर : आपके पति के उठने के बाद स्टेज पर क्या-क्या घटा? ज़रा विस्तार से बताईएगा...।

सुमन्ती : राजसूय यज्ञ चला! राजा महाराजा आए...। युधिष्ठिर का अभिषेक हुआ। फिर किशन भगवान आए...

धीर : फिर?

सुमन्ती : उसके बाद उनकी आवभगत हुई। अर्जुन दौड़े...भीम दौड़े...। युधिष्ठिर खुद खड़े हो गए। लेकिन भगवान ने उन्हें ये कहके बैठा दिया कि आप तो राजा हैं।

धीर : फिर?

सुमन्ती : फिर...फिर एकदम तहलका मच गया। मालूम पड़ा राजा दुर्योधन की सवारी आ रही है। गाजे-बाजे बजने लगे...। मंगल गान हुआ।

धीर : फिर?

सुमन्ती : उनका भी भारी सत्कार हुआ क्योंकि वो हस्तिनापुर के राजा थे।

धीर : फिर?

सुमन्ती : फिर यज्ञ प्रारम्भ हुआ। पितामह भीष्म ने उठकर युधिष्ठिर को जल छिड़का...और उसके बाद...

धीर : *(घड़ी देखकर)* आपको दस मिनट तो सदियों पहले निकल चुके श्रीमती सिंह। आप तो आधे पर भी नहीं पहुँचीं।

सुमन्ती : *(गड़बड़ा कर)* नहीं मैं तो...कह रही हूँ। वो कर रहे थे।

धीर : करने में तो और देर लगती है। अच्छा ये बताइये कि क्या आपको भी वो लड़का उतना ही बदतमीज लगता था जितना आपके पति को?

सुमन्ती : वो तो पूरा अम्बाह कहता है।

धीर : आप अपनी बतलाइये।

सुमन्ती : *(सख्त स्वर में)* हमने उससे कभी बात नहीं की। हमें नशे-पत्ते करने वाले सख्त नापसन्द हैं।

धीर : लेकिन मैं तो ऐसे कितने ही लोगों को जानता हूँ जो नशा करते हैं और आप के घर में उनका आना-जाना है। क्या इसलिए कि वो ठाकुरों के लड़के हैं?

सुमन्ती : अब किसी के पाँव में बेड़ियाँ तो नहीं डाल सके। और नशेड़ी होंगे तो अपने घर में। हमारे यहाँ बैठकर तो कभी नहीं पी।

धीर : ऐसे ही ये लड़का भी नशेड़ी होगा अपने घर में। इसने भी आपके यहाँ बैठकर तो नहीं पी।

सुमन्ती : हमारी अमराई में तो पी थी।

धीर : कभी नहीं पी।

सुमन्ती : आप क्या हमारी आँखों को झुठला देंगे? हमने उसे रंगे हाथों पकड़ा था।

धीर : तो आपने उसे बोला क्यों नहीं कि ये गलत है?

सुमन्ती : हमने बोला था।

धीर : तो वो क्या बोला?

सुमन्ती : वो बड़े ही अक्खड़ तरीके से बोला कि हाँ, हाँ हमें मालूम है।

धीर : लेकिन आप तो अभी-अभी ये कह रही थी कि आपने उसके साथ कभी कोई बात नहीं की?

[सुमन्ती चुप है...]

सुमन्ती : हाँ...एक बार की थी। हमारे दिमाग से निकल गया था।

धीर : आपने ये बात अपने पति को बतलाई?

सुमन्ती : यूँ ही चलते-फिरते बतलाई थी।

धीर : सुनकर वो क्या बोले?

सुमन्ती : कुछ नहीं। इतनी विशेष बात भी नहीं थी।

धीर : लेकिन आप को तो उसके बात करने का ढंग अक्खड़ लगा था?

सुमन्ती : हाँ, तो फिर?

धीर : तो, ये तो बदतमीजी हुई?

सुमन्ती : नहीं। इतनी-सी बात क्या बदतमीजी होगी?

धीर : तो इसका मतलब वो बदतमीज नहीं था। आपके पति ने उस पर झूठा इल्जाम लगाया था। या...।

सुमन्ती : नहीं-नहीं ऐसी बात नहीं है। बदतमीज तो था वो।

धीर : *(परेशान होकर)* भई कभी आप कह रही हैं कि वो बदतमीज था, कभी कह रही हैं नहीं था...। एक बात बोलिए ना!

सुमन्ती : वो बदतमीज था!

धीर : ठीक है। मैं, आपको "हमें मालूम है" पच्चीस तरह से बोल के दिखाता हूँ। इसमें कोई कितना बदतमीज हो लेगा?

सुमन्ती : नहीं खाली ये ही बात नहीं थी!

धीर : तो अपने हाथ से एक आम तोड़ कर दे दूँ भौजी...कहते हुए वो कितना बदतमीज़ हो लेगा?

सुमन्ती : *(तेज़ी से)* क्यों नहीं हो सकता है?

[एक चुप्पी...]

धीर : मतलब आपको उसकी ये बात बदतमीजी लगी? उसमें आपको क्या बदतमीजी लगी? उसका आपको आम देना, अपने हाथ से तोड़ कर आम देना या आपको भौजी कहना?

सुमन्ती : *(तेजी से)* भौजी कहना क्यों लगेगा। हमारी बिरादरी के ढेरों लोग हमको भौजी कहते हैं?

धीर : लेकिन वो आपकी बिरादरी का नहीं था।

[सुमन्ती चुप रहती है।]

धीर : आपने ये बात अपने पति को बतलाई?

सुमन्ती : हाँ बतलाई।

धीर : आपके पति पर इसकी क्या प्रतिक्रिया रही?

सुमन्ती : *(परेशान होकर)* प्रतिक्रिया क्या होनी थी? बोले कि पढ़ाई-लिखाई का अभाव है...और कुछ नहीं।

धीर : इसका मतलब उन्हें ये बात खराब लगी?

सुमन्ती : मैंने कहाँ बोला कि खराब लगी। अगर आपकी पत्नी के साथ कोई...

धीर : ऐसा व्यवहार करेगा तो मैं उसे बदतमीजी समझ सकता हूँ।

सुमन्ती : बस, तो फिर।

सुमन्ती : तो मतलब उन्हें भी लगा कि ये चमार की औलाद आपको भौजी कहकर उनसे भाईचारा स्थापित कर रहा है?

सुमन्ती : ऐसा कुछ नहीं था।

धीर : तो फिर उन्हें भी लगा होगा कि उस चमार की औलाद

का दिल उनकी खूबसूरत पत्नी पर आ गया और उसने उस पर डोरे डालने की कोशिश की।

सुमन्ती : *(तेज़ी से)* ऐसा कुछ नहीं था। उन्हें मालूम था कि उसकी ऐसी मजाल नहीं हो सकती।

धीर : यहाँ मजाल का सवाल नहीं है, श्रीमती सिंह। यहाँ दिल का सवाल है। और किसी खूबसूरत औरत को देख कर दिल का मचलना कोई बड़ी बात नहीं है...।

सुमन्ती : *(जोर से)* मेरे पति को मालूम था कि उसकी ऐसी मजाल नहीं हो सकती। उसकी इतनी हिम्मत नहीं हो सकती।

धीर : क्यों? जब आपके ससुर का दिल किसी खूबसूरत चमारिन पर आ सकता है तो किसी चमार के लड़के का आप पर दिल आ जाना कौन-सी बड़ी बात है?

सुमन्ती : *(बिफर कर)* आप तमीज से बात करेंगे? मैं ठाकुर हरिभान सिंह की पत्नी हूँ। मेरे ससुर ने कभी इस इलाके में राज किया है।

धीर : और उसी राज में पचासों घर बरबाद किए हैं। कोड़े के बूते लगान वसूल किया है। गरीबों की बहू-बेटियों को उठवाया है। आदमियों को जिन्दा जलवाया है। और इन सबको सुन कर अगर वो लड़का आपको देखकर मचल पड़ा तो इसमें क्या बड़ी बात थी?... खासतौर पर तब जब आप एक ठीक-ठाक-सी खूबसूरत-सी महिला हैं...।

सुमन्ती : *(चीखकर)* वो ये नहीं कर सकता था। उसकी इतनी मजाल नहीं थी।

धीर : क्या वाकई उसकी इतनी मजाल नहीं थी? आप चीख-चीख कर बोल रही हैं कि वो ये नहीं कर सकता था?

सुमन्ती : हाँ-हाँ, मैं चीख-चीख कर बोल रही हूँ...

धीर : इसका मतलब आप चीख-चीख कर कोर्ट को बता रही हैं कि उसने ऐसा नहीं किया। उसने कोई बदतमीजी नहीं की। और इस पूरे मुआमले में उसका कोई दोष नहीं है। और अगर कोई दोषी है तो आपके पति...

सुमन्ती : *(चीखकर)* मैंने ऐसा नहीं कहा! मेरे पति दोषी नहीं हैं। उसने बदतमीजी की थी। उसने सरेआम बदतमीजी की थी।

धीर : ये सिर्फ आप बोल रही हैं श्रीमती सिंह! आपके पति तो अब भी उसे बदतमीजी नहीं मान रहे?

सुमन्ती : उन्होंने उसे बदतमीजी माना था... उन्होंने उसे बदतमीजी माना था। उन्होंने ही मुझसे कहा था कि इस चमार की औलाद की इतनी मज़ाल कैसे हो गई जो तुम्हें भौजी कह के बात कर जाए...

[एक गरजते हुए संगीत के साथ फेड-आउट होता है। फेड-इन स्पॉट]

बुढ्ढो : अरे। सभई कुछ देखा है मैंने! सभई कुछ जानती हूँ। परलय देखी है...तो निर्माण भी देखा है, फसल को उगते देखा है तो सूखते भी देखा है...। नब्बे साल की गर्मी-जाड़े में काँपती लपलपाती जिन्दगी में...कितना कुछ देख लिया है, इसका हिसाब दूँगी तो सृष्टि भी काँपने लगेगी।

फेड-आउट

फेड-इन अदालत

धीर : आपकी पत्नी ने बताया कि आप दस मिनट के बाद तम्बू में आकर बैठ गए थे?

हरिभान : ठीक?

धीर : आपके उठने के वक्त ग्यारह बजे थे और लौटने के वक्त करीब ग्यारह बज के दस मिनट... ! आपकी पत्नी के हिसाब से! ठीक... ?

हरिभान : जी... !

धीर : आपसे एक मिनट पहले ही मंगल और कच्ची ताड़ी भी उठे थे। कच्ची ताड़ी वहाँ से शराब लाने कलारी गया था। वहाँ से वापस लौटने में बीस मिनट से कम नहीं लगते। और लौटते वक्त उसने आपको मंगल से बतियाते पाया! फिर वो अन्दर भागा। उसके भी करीब पाँच मिनट बाद आप अन्दर आए। यानी उसके हिसाब से आप बाहर रहे पच्चीस मिनट। आप मुझे बतलाएँगे कि इन दोनों बयानों में ये पच्चीस मिनट का फर्क कैसे आ रहा है?

हरिभान : *(गम्भीर आवाज़ में)* अब ये बात तो कच्ची ताड़ी ही बेहतर बतला सकता है। मैं दस मिनट में वापस आ गया था।

संदीप : *(उठते हुए)* कच्ची ताड़ी एक एल्कोहलिक है। ये बात मैं अदालत के सामने प्रूफ कर चुका हूँ। उसकी बात का भरोसा गाँव का कुत्ता भी नहीं करता... ।

धीर : इस बार बहुतों ने किया है सर...और इनमें से एक भी कुत्ता नहीं है। जनाब हरिभान सिंह जी... । आपके उठते वक्त स्टेज पर सीन चल रहा था राजसूय यज्ञ का...और जब आप वापस आए तो सीन चल रहा था लाक्षागृह का...

हरिभान : तो? उससे क्या फर्क पड़ता है?

धीर : उससे ये फर्क पड़ता है कि आप अब भी मान सकते हैं कि आपको पच्चीस मिनट ही लगे थे।

हरिभान : *(खीजकर)* मैं ये समझ नहीं पा रहा कि आप स्टेज पर चल रहे सीन को मेरी वापसी से कहाँ जोड़ रहे हैं?

धीर : *(ऊँची आवाज़ में)* क्योंकि इस पंडवाणी के आज तक के किए गए डेढ़ सौ शो इस बात के गवाह हैं कि इन दोनों सीन के बीच का टाइम गैप किसी भी सूरत में 25 मिनट से कम नहीं रहा। उनके कलाकारों को पेश करूँ? उनकी मंडली को पेश करूँ?...

हरिभान : उस दिन शो तेज़ी से भी तो भाग सकता है?

धीर : 25 मिनट के सीन को 10 मिनट में हो जाने को तेज भागना नहीं कहते जनाब। T.V. की भाषा में इसे Fast-Forward कहते हैं...और वो सिर्फ मशीनों के लिए मुमकिन है। इंसानों के लिए नहीं। और उससे भी हैरतअंगेज बात ये है कि आपकी पत्नी को पंडवाणी का कलाइमेक्स भी याद नहीं?

हरिभान : तो उससे भी क्या फर्क पड़ता है?

धीर : उससे फिर ये फर्क पड़ता है कि आप अब भी याद कर सकते हैं कि आप 25 मिनट में नहीं आए थे...

हरिभान : अरे, लेकिन कैसे... ?

धीर : ऐसे कि आप की पत्नी आपकी गैरमौजूदगी में नाटक के जिस हिस्से को भूल चुकी है...वो उन्होंने देखा ही नहीं था... ?

हरिभान : आप कैसी बातें कर रहे हैं? वे तम्बू के अन्दर थीं...

धीर : जी हाँ, वो तम्बू के अन्दर थीं...और जब आपको देर हो गई थी तो वो परेशान होकर बच्चे को लेकर तम्बू

के दरवाजे के पास जाके खड़ी हो गई थीं जिसके पचीसियों गवाह मौजूद हैं। उन्होंने परेशानी में घूमते हुए पंडवाणी का वो हिस्सा नहीं देखा...और अगर देखा तो उनका ध्यान उस पर नहीं आप पर था। तो क्या उन्हें पहले से मालूम था कि आप बाहर क्या इरादा लेकर के गए हैं... ?

हरिभान : ये झूठ है...। ये गलत है... ! क्या ज़रूरी है कि मुझे एक ही कारण से देरी हुई हो ?

धीर : *(और ऊँची आवाज़ में)* जी हाँ, आपको एक ही कारण से देरी हुई थी और अब मैं ये मान के चल रहा हूँ कि उस देरी के कारण में आपकी नहीं आपकी पत्नी की भी राज़दारी थी..

हरिभान : *(ज़ोर से)* मेरी पत्नी पर इल्जाम मत लगाइये। कोई भी पत्नी इस बात से परेशान हो सकती है कि उसका पति देरी से आया।

धीर : यानी आप स्वीकार कर रहे हैं कि आप देरी से आए ?

हरिभान : *(एक चुप्पी। फिर)* हो सकता है मुझे थोड़ी देरी हो गई हो..

धीर : चलिए, आपकी भाषा में इसे थोड़ी देरी कहते होंगे। बहरहाल इस थोड़ी देरी में आप बाहर क्या करते रहे... ?

हरिभान : मैं आपको बोल चुका हूँ कि मैं पेशाब करने उठा था।

धीर : तम्बू से झाड़ियों तक जाके आराम से पाँच-सात मिनट में पेशाब करके लौटा जा सकता है जनाब। आप क्या इतिहास का पहला और आख़िरी पेशाब कर रहे थे जो कि 25 मिनट तक चलता रहा ?

हरिभान : *(काटकर जोर से)* मैं 25 मिनट तक बाहर नहीं रहा...

धीर : चलिए 20 मान लीजिए। 15 मान लीजिए...। आप पन्द्रह मिनट तक पेशाब करते रहे... ? क्या आप बहुत दिनों बाद पेशाब कर रहे थे...

हरिभान : *(ज़ोर से)* आप ज़रा तहज़ीब से बात करेंगे ? मैं अपने बयान में बोल चुका हूँ कि मुझे वहाँ वो छोकरा मिल गया था और मुझे उसकी बातें सुननी पड़ रही थीं...

धीर : क्यों ? ऐसी क्या मजबूरी थी ? क्या आपने उससे पहले कभी बात की भी ?

हरिभान : जी नहीं...

धीर : तो फिर क्या इतनी इंटेरेस्टिंग बातें कर रहा था कि आप मंत्रमुग्ध होकर उसकी बातें सुनते रहे...

हरिभान : *(जोर से)* वो बकवास कर रहा था...

धीर : उस बकवास का आकार-प्रकार बताएँगे... ?

हरिभान : वो जबरदस्ती मुझे उकसाने की कोशिश कर रहा था।

धीर : वो आपके पिता जी पर इलजाम लगा रहा था और आप वहाँ खड़े-खड़े उसकी बातें सुन रहे थे ? *(हरिभान चुप है।)* उसकी भाषा कैसी थी ?

हरिभान : बहुत ही भद्दी। निचले स्तर की...

धीर : उसके बात करने का ढंग कैसा था ?

हरिभान : बहुत ही घटिया। लगता ही नहीं था कि वो कॉलेज में पढ़ रहा है।

धीर : *(सही आवाज़ में)* ठीक है। अगर कोई चमार का लड़का आपकी पत्नी को भौजी कहकर पुकार दे तो आपका खून खौल उठता है। क्यों ?

हरिभान : *(बात काट कर)* मैंने वैसा नहीं कहा था। मेरी पत्नी के कहने का ढंग गलत था।

धीर : तो इसका मतलब आपको आपकी पत्नी ने वो अमराई वाली बात भी गलत ढंग से बतलाई थी...

हरिभान : कौन-सी बात?

धीर : कि उस चमार ने उन्हें भौजी कहा था। क्या उन्होंने आपको बतलाया कि उसको भौजी कहने के लिए उकसाया उन्होंने ही था?

हरिभान : *(अब उसकी कनपटियाँ गरम होने लगी हैं)* आप किस बात की तरफ इशारा कर रहे हैं?

धीर : मैं इशारा नहीं कर रहा जनाब। मैं ये तथ्य बतलाने जा रहा हूँ कि आप की पत्नी ने खुद उससे मुस्करा के कहा था कि मुझे भौजी बोला करो...

हरिभान : आप अपनी जुबान को सँभालकर बात करेंगे?

धीर : क्यों? मुस्कराना सिर्फ चमार की लड़कियों की प्रवृत्ति होती है क्या? ठाकुरों की पत्नियों को भी मुस्कराना आता होगा? और उनकी ख्वाहिशें भी चमारिन की ख्वाहिशों से अलग नहीं होती होंगी?

हरिभान : *(ज़ोर से)* कुलवधू, कुलवधू होती है! उसकी रगों में उच्च कुल का रक्त बहता है...

धीर : लेकिन आपकी कुलवधू को तो मंगल से मुस्करा के बात करते पाँच लोगों ने देखा था।

हरिभान : किसने देखा था? उन लोगों ने जिनको ना बात करने का तरीका है ना खड़े रहने की तहजीब?

धीर : और आपकी पत्नी को इस बात की तहजीब थी कि वो एक चमार के लड़के से बेपर्दा होके बात करे?

हरिभान : *(चिंघाड़ कर)* ये उस चमार की औलाद की ही फैलाई हुई बात होगी। अरे इनकी तो साली जात में गन्दगी होती है...

धीर : लेकिन आपने कौन–सा ठेका ले रखा है इस गन्दगी को मिटाने का?

हरिभान : *(चीख कर)* अरे, बुरी बात भी क्या है अगर इनमें से एक को भी अपने हाथों से... *(और अचानक बोलते-बोलते रुक जाता है...)*

फेड–आउट

फेड–इन ए स्पॉट

बिसवा : मुझे अभी तक याद है अपनी औरत का कीचड़ में लिथड़ा फूला हुआ सरीर...। और पीछे से आती हुई वो आवाज़...कि अम्माँ...। बचईयो रे...

फेड–आउट

फेड–इन स्पॉट अदालत

धीर : उपाध्याय जी। आप इस केस के चश्मदीद गवाह नहीं हैं। लेकिन आपकी गवाही इस केस के लिए ही नहीं...इस दौर के आने वाले इतिहास के लिए सबसे ज्यादा महत्वपूर्ण है। हालात आपके सामने हैं...सबूत आपके सामने हैं...गवाह आपके सामने हैं। आप हरिभान सिंह को बचपन से जानते हैं। क्या किसी वक्त आपको ऐसा लगा कि उसमें अपने ठाकुर होने का गुरूर है... ? उच्च कुल की परम्परागत धारणाओं को मानता है? वो अपने से नीची जात वालों से द्वेष घृणा करने की हद तक पाल सकता है?

केसर : *(एक पल ठहर कर)* जातिवाद हमारे देश की परम्परा का अभिन्न हिस्सा रहा है। वो सही है या गलत...।

इस पर बहस की जा सकती है। लेकिन ऊँची जात के हर व्यक्ति को इस बात पर नाज रहा है कि वो ऊँची जात का है।

धीर : और अगर मैं सिर्फ हरिभान सिंह के बारे में ये बात पूछूँ तो?

केसर : *(एक पल ठहरकर)* हरिभान भी इसका अपवाद नहीं है। ऊँची जात का कोई भी व्यक्ति इसका अपवाद नहीं हो सकता।

धीर : और अगर ये बात मैं आपके सन्दर्भ में पूछूँ तो...

केसर : मैं भी इसका अपवाद नहीं हूँ। मेरे अन्दर भी मेरे उच्च कुल के होने का अहसास बाक़ी है। ये अलग बात है कि जब-जब ये अहसास जोर मारता है...तो मैं जबरदस्ती अपने विवेक को साथ में लाता हूँ। फिर भी मैं इससे पूरी तरह से छुटकारा नहीं पा पाता।

धीर : मेरा दूसरा सवाल...। आपके हरिभान सिंह के साथ जीवन के तमाम अनुभवों को आधार मानकर अगर आपसे पूछा जाए...कि क्या वो इस मंगल नाम के लड़के का...या किसी भी नीची जात के लड़के का...खून तक कर सकता है...तो आपका क्या जवाब होगा?

[केसर खामोश है।]

धीर : आज तक के हालात को तौल कर बोलिएगा। क्या वो ऐसा कर सकता है? *(केसर अब भी खामोश है।)*

केसर : किसी ने खून किया है या नहीं किया...ये फैसला करना कचहरी का काम है। जहाँ तक इस संभावना का सवाल है तो मेरा आज जवाब यही है कि...

धीर : इस पूरे मुल्क में फैले लाखों-करोड़ों कीड़े-मकोड़ों की-सी जिन्दगी बिता रहे इन इनसानों की इंसाफ माँगती आँखों को देखकर बोलिएगा...! अपनी जिन्दगी-भर की तपस्या को हाथ में भींच कर अपने पिता जी की नसीहतों को दिलो-दिमाग़ में रखकर बोलिएगा...। सिक्का धनुआ से लेकर मंगल की बिना जन्मीं औलाद तक...चार पीढ़ियों के नाश को अपनी आँखों से देखने वाले इंसान के तौर पर बोलिएगा...! क्या हरिभान सिंह मंगल का खून कर सकता है?

केसर : *(थोड़ी देर बाद ठहर कर)* मुझे मालूम नहीं। शायद...वो ये खून नहीं कर सकता...

बीड़ी : *(स्पॉट में)* जी हाँ, हरिभान ये ख़ून नहीं कर सकता। क्योंकि खून करना उसकी जात में नहीं है। तो ये खून नहीं कर सकता क्योंकि खून करना सिर्फ वहशियों का काम है...और वो ये खून नहीं कर सकता क्योंकि वहशी सिर्फ हमारी जात में बसते हैं...!

[ये कहते-कहते वो अब तक कठघरे में आ चुका है।]

उस रात उसको उठकर जाते और वापस आते मैंने अपनी आँखों से देखा था। उनकी पत्नी को बेसब्री से उसके इंतजार में यहाँ-वहाँ घूमते अपनी आँखों से देखा था...और आज सोच पा रहा हूँ कि वापस आते वक्त उसकी चाल की उस लड़खड़ाहट, चेहरे के पसीने और आँखों की सुर्खी का मतलब क्या था!

धीर : उसके बाद क्या हुआ?

बीड़ी : कच्ची-ताड़ी की बात सुनकर मैं एकदम बाहर भागा। हरिभान मुझे रास्ते में टकराया! मंगल कहीं दिखाई

नहीं दिया! मैं ट्यूब-वेल की पगडंडी की तरफ बढ़ा जहाँ मंगल की लाश मेरा इंतजार कर रही थी।

धीर : उसके बाद?

बीड़ी : मैं चीखा। भीड़ इकट्ठी हो गई। हरिभान कहीं नजर नहीं आया। अगर आ जाता तो ये मुकदमा आज उस पर नहीं...मुझ पर चल रहा होता।

धीर : तुमने आत्म-समर्पण कर दिया बीड़ी। क्यों?

बीड़ी : डकैती कोई खून में तो थी नहीं। आदत नहीं पर पड़ पाई! बाक़ी इस मुकदमे में हाज़िर होने का सुकून मैं छोड़ना नहीं चाह रहा था।

धीर : ठाकुर हरिभान सिंह के इस आख़िरी वक्तव्य के बारे में तुम्हारा क्या कहना है कि अगर इनमें से एक को भी अपने हाथ से उड़ा दिया जाए तो क्या बुरी बात है...!

बीड़ी : वो सही कहता है। कीड़ों की आबादी में से एक का घट जाना कोई बुरी बात नहीं है। घटा देने वाला उल्टा अपने-आप पर गरूर महसूस करेगा कि उसने दुनिया की गन्दगी मिटाई! और इस बात का गवाह कोई आज का बखत नहीं है वकील साहब! ये तो सदियों से चला आ रहा सिलसिला है जो आज कायदे की शक्ल ले चुका है। और कितना बोलें, कब तक बोलें...। हमने तो यूँ बोलना शुरू कर दिया जैसे पहले कोई बोला ही ना हो। ये तो बोला जाता रहा है...बोला जाता रहेगा। कोई कुछ नहीं कर पाएगा। ये केस चलेंगे...बहुत सारे चलेंगे...अखबारों में छपेगा...! मरने वाले के परिवारों को हरजाना मिलेगा...नेता-कलक्टर आकर भासन देंगे...और बस...! अपनी आँखों के सामने अपनी माँ को मरते देख छोटा पप्पू चीखता रहेगा...अपने बिना जन्मे बच्चे को हाथों में दबोचे कजरी चिल्लाती

रहेगी...कि ये झूठ है...और पोखर की चट्टान पर खड़े हो आकाश की तरफ मुँह करके बुड्ढो बड़बड़ाती रहेगी कि जे होनी है भगवान की। और इसका कारण... ? वो बोलते हैं...जात-पात। मैं पूछता हूँ...उसका कारण ? वो कहते हैं...ये तो पता नहीं! मुझे पता है। टट्टी उठाने वाले का काम सोना बेचने वाले से ओछा है। जूता सीने वाले का काम व्यापार करने वाले से छोटा है और चौकीदारी करने वाले का काम कलक्टर गिरी से नीचा है। तो जात कहाँ से आई ? काम से...। जात कहाँ से आई ? रोकड़े से...! जात कहाँ से आई ? ओहदे से। रुपया हमारे समाज में बराबर-बराबर बँट नहीं सकता...और ये पाप कभी भी कट नहीं सकता। जो पाप...हरिभान ने किया है! या जो पाप...जो हरिभान के बाप ने किया था। मैं इसका चश्मदीद गवाह नहीं हूँ...लेकिन मैं धरती के उस सिरे पर खड़ा होकर भी ये बात कह सकता हूँ कि ये खून हरिभान ने किया है। और इस कत्ल का...या ऐसे सारे कत्लों के गवाह इन्सान नहीं होते। इनके गवाह होते हैं ये धरती...ये आकास और ये पूरी सृष्टि।

धीर : और अब मेरे आख़िरी गवाह हैं...कच्ची ताड़ी...! इस कांड के इकलौते चश्मदीद गवाह...!

[कच्ची ताड़ी Enter करता है। वो लंगड़ा के चल रहा है। धीरे-धीरे वो कठघरे के पास आता है। उस पर चढ़ता है और खड़ा हो जाता है।]

धीर : तुमने उस रात शराब नहीं पी हुई थी कच्ची ताड़ी! ये अब कोर्ट में प्रमाणित हो चुका है। ये मुकदमा नहीं हुआ है कच्ची ताड़ी। ये एक नया इतिहास रचा गया है। और तुम्हें गर्व होना चाहिए कि इसके महानायक तुम बने।

तुम पर उनको भी नाज है जो जिन्दा हैं...और उनको भी नाज़ है...जो नहीं रहे। मैं तुमसे आख़िर बार पूछ रहा हूँ। तुमने उस रात मंगल के साथ किसको देखा था?

कच्ची ताड़ी : *(एक पल को काँप कर)* मैंने...किसी को नहीं देखा था...!

धीर : क्या? क्या बोला तुमने?

[झपट कर उसके पास आता है।]

कच्ची ताड़ी : मैंने उस रात मंगल के साथ किसी को नहीं देखा था।

धीर : तुम्हारा बयान मौजूद है कच्ची ताड़ी इन काग़ज़ों पर। तुम्हारे दस्तख़त मौजूद हैं।

[कच्ची ताड़ी चुप रहता है।]

धीर : उलटे मुड़ो। *(वो उलटा मुड़ता है।)* अपनी कमीज़ उठाओ। *(वो कमीज़ उठाता है।)* ये निशान कैसे हैं कच्ची ताड़ी। *(वो चुप रहता है।)* तुम्हें पुलिस ने मारा है...या किसी और ने? *(कच्ची ताड़ी मुँह घुमा लेता है।)* मुँह छुपाने से कुछ नहीं होगा कच्ची ताड़ी। कोर्ट को धोखा देने के अपराध में तुम जिन्दगी-भर के लिए सींखचों के अन्दर जाओगे!

कच्ची ताड़ी : हम सींखचे के बाहर थे ही कब...बकील साब?

धीरे-धीरे फेड-आउट

वकील साब...?

धीरे-धीरे फेड-इन

बुद्धो : मैं गीता की कसम खाकर कहती हूँ...कि जे कतल मैंने किया है...*(रुकती है)* वो कुल्हाड़ा था...हाथ में...।

अरे सर को फटने में का देर लगती है...? और फिर खाया-पिया बदन है। कौन कमजोर रहे हैं जिन्दगी भर। तो बस तो वही आ गया...। मेरे को देखा...। बोला कुछ नहीं...। मैंने उसको देखा...बोली मैं भी कछु नहीं। लेकिन मेरे को कछु होने लगा था...। मैं वहीं खड़ी रही। कुल्हाड़े को कस के पकड़ लिया...। वो यहाँ-वहाँ देखता हुआ टहलने लगा...। फिर रुक गया। मुँडेर पर हाथ रख कर नीचे झाँकने लगा। मैं धीरे-धीरे उसके पास गई। उसको छुआ...! *(रुकती है)* वो मुड़ा...। मेरे को देखा...! उसकी आँखों में अविस्वास था...! मैंने कहा...परनाम और खचाक से कुल्हाड़ा उसके सर पे दे मारा...! जे खून का फव्वारा छूटा। मैं पूरी नहा गई... जै हो चम्बल मैया की...। मैंने फिर हाथ को उठाया और खच्चाक...! और फिर तो मैं मारती ही चली गई।

बुद्दो : अरे, उसके बाद का होना था! चारों तरफ खून बिखरा पड़ा था! कौन पहली मरतबा देख रही थी...! उसके फटे हुए सर को उठाया और मैया की जै का हुँकारा मारते हुए ऊपर से नीचे फेंक दिया। वो उछालें लेता हुआ पानी में गिरा...और किस्सा खत्म।

[सन्नाटा है]

बुद्दो : मरे का नाम हरिभान सिंह...बाप का नाम बिजैभान सिंह...गाँव अम्बाह ते जिला मुरैना...! अरे भइया! जाते-जाते अपने घर-परिवार को याद रखियो...अपने गाँव को याद रखियो...अपने बच्चे ब्याहता को याद रखियो। सभई को याद रखियो, भूल मति जइयो। बोलो रे, कौन मैं झूठ बोल रही?

[एक जेल की सलाखों का कट आउट]

[धीमे-धीमे फेड इन हो रहा है। बुद्धो जेल में बंद है।]

बुद्धो : अरे, सारे जाये सुखी-सुखी मैया की करनी ये ही भली...ना रोये बच्चा कभी यहाँ मैया की करनी ये ही भली... ! सांति का साम्राज्य हो सभई कुछ सच्चा हो... ! गाय के थनौं पे बच्चा मौंह का मारे तो उसे रोकने वाला कोई ना हो... । चरबाहा अपनी बकरी को बच्चों समान दुर्र-दुर्र करके पुचकारे तो उसे टोकने वाला कोई ना हो...रे बोलो रे, कौन मैं झूठ बोल रही... ?

बुद्धो : अरे, सारे क्लेस मिट जायें। सुख की नींद सोयें सब! थकन-चुभन का नाम-निसान ना रहे... ! पाप-अत्याचार का नाम-निशान ना रहे... ! लाड़-दुलार पनपे रे दुनिया में...प्रेम-प्यार पनपे रे दुनिया में... ! थके को नींद से जगाने वाला कोई ना हो...बच्चे को नींद से छुड़ाने वाला कोई ना हो...बोलो रे, कौन मैं झूठ बोल रही ? बोलो रे, कौन मैं झूठ बोल रही ? अरे बोलो रे, कौन मैं झूठ बोल रही ?

धीरे-धीरे फेड-आउट

परदा गिरता है

⭘⭘⭘